La petite menteuse

De la même autrice

Le Monde. Les grands procès (1944-2010) avec Didier Rioux, Les Arènes, 2009 ; nouvelle édition : *Le Monde. Les grands procès (1944-2012)*, « Pocket », 2012
Le Procès Carlton, avec le dessinateur François Boucq, Le Lombard, 2015
La Déposition, L'Iconoclaste, 2016, et « Folio », 2018
La Part du juge, Arkhê, 2017
Jours de crimes, avec Stéphane Durand-Souffland L'Iconoclaste, 2018, et « Pocket », 2019
Comprenne qui voudra, L'Iconoclaste, 2021

© Collection Proche, Paris, 2023
Tous droits réservés pour tous pays

Collection Proche
26, rue Jacob, 75006 Paris
Tél. : 01 42 17 47 80
© Photographie de couverture : John Dykstra

Pascale Robert-Diard
La petite menteuse

*Pour mes fils,
et celles qu'ils aiment.*

– D'abord commencez par ne pas appeler ça la vérité. Changez son nom. C'est un nom, dès qu'on le prononce, il impressionne. On se cramponne à ça comme si notre vie en dépendait... On se croit obligé... Il faut changer ça... Appelez ça le mensonge...
[...]
– Écoutez, ne nous égarons pas. Ici, nous sommes entre honnêtes gens.
– Mais bien sûr.
– C'est même ça le malheur.

Nathalie Sarraute, *Le Mensonge*

Elle s'est plantée, voilà tout. Alice n'a pas besoin de se retourner. Elle devine que son client lui en veut. Il y a des jours comme ça où le métier ne suffit pas. Ou alors c'est l'inverse. Il y a trop de métier. Trop de phrases déjà prononcées. Trop de mots usés. Ça glisse, ça s'affale et ça s'oublie. Même la jurée aux lunettes rouges, si appliquée, a lâché son stylo pendant qu'elle plaidait. Les autres l'ont écoutée poliment, ils devaient se dire que les avocats sont moins forts en vrai qu'à la télé. À un moment, l'un des juges assesseurs a somnolé, le menton écrasé dans sa bavette.

Gérard a pris douze ans. Pile ce qu'avait requis l'avocat général. Sa plaidoirie n'a servi à rien. Pas la moindre inflexion, histoire de reconnaître qu'elle s'est battue. Que, grâce à elle, son client est apparu moins misérable et désespérant. C'est sûr qu'avec son unique mèche de cheveux gras étirée sur le crâne, sa petite moustache et son corps mou, il ne donne pas envie de compatir, Gérard.

Alice éprouve plus de tristesse pour Nicole, qui a flanché d'un coup à l'annonce du verdict. Elle se reprochait déjà de ne pas en avoir fait assez pour son frère.

« Gérard, il n'a que moi dans la vie », dit-elle.

L'amour d'une sœur ou d'une mère, c'est souvent la seule chose de bien que les types comme Gérard ont à offrir pour leur défense. Nicole avait été si perdue, si touchante dans sa déposition qu'Alice comptait beaucoup sur elle pour attendrir les jurés. D'ailleurs, l'unique moment où elle a senti qu'elle plaidait juste, que ses phrases tenaient toutes seules, c'est quand elle a parlé de Nicole, justement, de ses gâteaux à la fleur d'oranger trop sucrés et des heures de ménage supplémentaires qu'elle fait pour payer à son frère de quoi cantiner ses clopes en prison.

Elle s'est accrochée au visage de Gepetto à cet instant précis. Gepetto, c'était le troisième juré, elle l'avait surnommé comme ça à cause de sa chemise à carreaux, de son gilet de laine et de ses paupières tombantes qui faisaient deux petits toits pentus sur ses yeux. Alice a depuis longtemps cette habitude de donner des surnoms aux jurés. Lui, elle l'a aimé tout de suite. Elle était sûre que Nicole l'avait ému. Peut-être qu'elle s'est trompée. Ou que Gepetto et les autres ont voulu lui faire payer ça aussi, à Gérard, toute cette peine qu'il donne à sa sœur depuis tant d'années.

Douze ans. Les verdicts sont toujours trop lourds quand on est en défense. Mais bon, un accusé qui boit trop, a le vin mauvais, cogne son chien et manque de peu de tuer son voisin en tirant sur lui un soir de match de foot parce que le son de la télé est trop fort, il faut bien admettre que tout le monde s'en fout. Même Lavoine, le journaliste, n'est pas resté jusqu'à la fin. Demain, la vie de Gérard occupera dix lignes dans les pages locales.

C'est un chic type, Lavoine. Bien plus drôle en vrai que dans ses articles. Depuis le temps qu'il est là, il connaît toutes les ficelles des avocats. Alice n'échappe pas à la règle.

– Alors, Maître, vous allez encore nous plaider la « possibilité d'une larme dans l'œil de la loi » ?

C'est vrai qu'Alice la cite souvent, cette phrase des *Misérables*. Ça ne l'a même pas effleurée, pour Gérard. Ni celle-ci ni aucune autre, d'ailleurs. Elle s'en veut. Elle aurait dû faire mieux. Elle fera mieux si Gérard décide de faire appel, elle se le promet. Elle ira le voir en taule la semaine prochaine. Elle en profitera pour faire la tournée de ses autres clients. Il y en a au moins cinq pour lesquels elle doit demander un parloir.

– La salle va fermer, Maître, lui dit le policier.

Alice fourre sa robe dans son sac, rassemble les pages éparpillées du dossier de Gérard et tire d'un coup sec sur la sangle. Dehors, les pavés sont luisants de pluie, les feuilles roulent par paquets sous la bise, elle grelotte. Au pied des marches, les jurés s'attardent. L'affaire de Gérard était la dernière de la session d'assises, ils ont du mal à se quitter, à reprendre le cours de leur vie ordinaire. Elle remonte son col, rentre la tête dans les épaules et presse le pas. Gepetto a l'air désolé, il lui adresse un salut discret. Il a dû essayer, se dit-elle.

La pluie redouble, Alice est trempée lorsqu'elle pousse la porte de son cabinet. Elle accroche sa robe au portemanteau, le tissu noir est froissé. Piteux lui aussi. Six coups sonnent à l'horloge de la cathédrale. Il est trop tôt pour appeler sa fille Louise, elle la dérangerait sûrement. Et puis, qu'est-ce qu'elle lui raconterait ? Elle ne va pas encombrer une gamine de vingt ans avec une histoire aussi moche. Elle se prépare un thé, croque deux carrés de chocolat noir, glisse la plaque dans le tiroir, le rouvre, hésite, en prend deux autres. Depuis quelques années, elle ne se bat plus contre ces kilos qui l'enrobent. Son corps épais, solide, lui plaît tel qu'il est.

À travers les trois hautes fenêtres de son bureau, elle voit ployer les branches dénudées des tilleuls et dans l'angle, de l'autre côté du quai, la façade de verre et d'acier du palais de justice semble la narguer. Alice attrape le dossier de Gérard et va le ranger dans l'armoire. Une feuille manuscrite s'en échappe. *C'est la première fois que l'on s'intéresse autant à lui, qu'on le regarde et qu'on l'écoute. Toute sa vie, sauf aux yeux de sa sœur, il a été cet homme invisible...* C'était pas si mal, finalement.

Naïma, la secrétaire du cabinet, toque à la porte.
– Votre rendez-vous est arrivé.
Alice avait complètement oublié.
– Qui est-ce ?
– Une jeune femme.
– Tu sais bien qu'il faut éviter de me coller des rendez-vous quand je sors des assises.
– Elle a beaucoup insisté pour venir aujourd'hui. Elle n'a pas voulu dire pourquoi.
– Préviens-la que je n'ai pas beaucoup de temps. Trente minutes, pas plus.

Lisa Charvet lui tendit une main un peu molle. Elle était plutôt jolie, vêtue sans soin particulier. Son bonnet de laine mouillé avait plaqué ses boucles brunes sur son front. Deux traces de mascara ombraient ses yeux noisette. Elle avait dû fumer une cigarette juste avant de venir, sa parka empestait le tabac froid.

La jeune femme restait debout, indécise. Son regard embrassait la pièce. À l'invitation d'Alice, elle s'assit sur le fauteuil qui faisait face au bureau et posa un sac à dos chargé à ses pieds.

– C'est grand, chez vous...
– Dites-moi ce qui vous amène.
– Je voudrais être défendue par une femme.
– Ça tombe bien, dit Alice.
– J'ai déjà un avocat mais je veux changer. C'est mes parents qui l'ont choisi, quand j'étais mineure.

Elle devait avoir à peine vingt ans.

– Comment s'appelle-t-il ?
– Maître Rodolphe Laurentin. Il est avocat à Paris. C'est une amie de ma mère qui nous l'avait recommandé. Vous devez le connaître. Il passe à la télé, dans les débats. Il est spécialiste.
– Spécialiste... Que voulez-vous dire ?
– Des victimes. Il défend les victimes de viol. Mes parents voulaient ce qu'il y a de mieux pour moi, vous comprenez...
– Je comprends. Vu de province, un avocat parisien, c'est toujours mieux.
– Ce n'est pas ce que je pense, moi. En tout cas, vous l'avez vu à mon procès.

Alice écarquilla les yeux.
– À votre procès ?
– Oui, c'était il y a sept mois. Vous étiez venue vous asseoir à côté de l'avocat de la défense, Maître Théry. Vous êtes restée un bon moment avec lui.

Alice connaissait bien Théry. Lui aussi était spécialiste en quelque sorte, mais de l'autre côté. En défense des violeurs et des pères incestueux. Elle garda sa réflexion pour elle.

Il lui arrivait souvent de pousser la porte des assises entre deux rendez-vous au palais ou en attendant que son affaire soit appelée dans une des salles voisines. Elle avait toujours aimé ça, humer l'atmosphère des audiences. « Mon odeur d'écurie », disait-elle. L'expression n'était pas d'elle, elle l'avait lue il y a longtemps dans un Simenon, elle ne savait plus lequel, mais la phrase lui était restée.

La jeune femme l'observait. Elle était manifestement déçue par son silence.

– Vous étiez là quand j'ai fait un malaise. Moi, je me souviens très bien de vous. Surtout de votre regard.

– Ah bon ? Qu'avait-il de si particulier ?

– Il était dur.

Mais qu'est-ce qu'elle fichait dans son bureau, cette fille, à le dévisager, les bras croisés, si son regard ne lui plaisait pas ?

– Ça doit être le métier qui veut ça. J'imagine que vous étiez dans une grande détresse...

– Plus que ce que vous croyez.

Des images lui revenaient. Il lui semblait maintenant revoir cette plaignante toute tremblante à la barre. Aucun son ne sortait de sa bouche. Le client de Théry hurlait et l'injuriait. Elle s'était affaissée au milieu du prétoire, le président avait dû suspendre l'audience. Alice était restée avec Théry, qui écumait sur son banc. « Le con, il a tout gâché ! C'est mort. » Elle se souvenait même de la phrase qu'il lui avait murmurée en désignant son adversaire, penché sur la jeune fille en pleurs. « Regarde-moi ce gommeux, avec ses mocassins à pompons... » C'était donc le fameux Laurentin.

Lisa Charvet lui expliqua la suite. Un autre incident s'était produit, l'accusé avait été expulsé du box. Il avait pris dix ans et avait fait appel. Le nouveau procès devait se tenir dans quatre mois.

– Je vous ai apporté mon dossier.

Elle plongea la main dans son sac à dos et déposa une épaisse pochette en plastique sur le bureau.

– Je sais pas s'il y a tout dedans, je l'ai même pas ouverte. Je l'ai demandée à ma mère. Elle ne m'a pas posé de questions. C'est compliqué entre nous de parler de tout ça.

– Et Maître Laurentin, vous l'avez prévenu ?

– Il ne sait rien non plus. Vous êtes la première personne que je viens voir. En cherchant des noms d'avocat sur Internet, je suis tombée sur votre photo et je vous ai reconnue.

Lisa Charvet semblait hésiter à lui dire autre chose. Alice l'encouragea du regard.

– J'ai peur. Je ne veux pas y aller.

– C'est normal que vous éprouviez cela. Mais votre présence, vous devez le savoir, est importante.

– J'essaie de tout oublier. Je veux m'en sortir et avancer. Vous ne pouvez pas y aller toute seule ? Je veux plus en parler. Plus jamais. Je veux revoir personne de cette époque-là.

– Je vais d'abord lire votre dossier.

– Vous savez, je peux payer. Ma grand-mère m'a laissé un peu d'argent. Et puis maintenant, je travaille. J'essaie de ne plus dépendre de mes parents. Je leur en ai fait assez baver comme ça.

Lisa Charvet commença à lui raconter sa vie. Alice masquait son ennui en prenant des notes. Adolescence en vrac. Échec au baccalauréat. Contrat en alternance. Employée de jardinerie. Vit seule dans un studio. Parents divorcés. Relations compliquées. Elle en savait assez pour aujourd'hui. Évidemment, elle allait prendre l'affaire, elle avait un cabinet à faire tourner.

Elle posa son stylo, fit mine de se lever. La fille ne bougeait pas de son siège.

— La photo, sur votre bureau, c'est vos enfants ?
— Oui.
— Ça doit être mieux d'avoir une fille et un garçon. On les compare pas, j'imagine. Moi, j'ai une grande sœur, Solène. Elle a toujours tout réussi. Elle est devenue ingénieure. Mes parents sont très fiers d'elle. J'ai aussi un demi-frère, Léo. Il est né juste avant mon procès. Mon père l'a eu avec sa nouvelle femme.

Le téléphone sonna. C'était Naïma. Pile à l'heure convenue. Alice s'excusa de devoir prendre congé, un rendez-vous urgent l'attendait, dit-elle, elle la rappellerait très vite.

— Vous, vous défendez souvent les victimes ?
— Oui. Mais je ne suis pas *spécialiste*, si c'est votre question, répondit-elle en la raccompagnant à la porte.

La pluie tombait toujours quand elle enfourcha son vélo pour rentrer chez elle. Les bars étaient pleins, des grappes d'étudiants se serraient sous les auvents des terrasses, leur chope à la main. Louise devait faire pareil à Paris en ce moment. Alice lui demanderait des nouvelles de Romain, il parlait plus volontiers à sa sœur qu'à sa mère ces derniers temps. En quelques coups de pédale, elle s'éloigna des rues animées du centre-ville. Encore une montée et elle serait arrivée.

Le chat se précipita entre ses jambes en ronronnant. Alice avait fini par s'accoutumer à sa présence, elle ne pestait même plus en le voyant lacérer le tapis du salon. Le jour où Romain lui avait demandé si elle pouvait l'héberger, elle n'avait pas osé dire non. Il devait le récupérer dès qu'il serait installé dans un nouveau logement. Les semaines, puis les mois avaient passé et Ulysse était resté. En même temps que son appartement, Romain avait trouvé une copine allergique aux poils de chat.

Alice se sentait lasse, ce soir. Il y avait l'âge, bien sûr. La cinquantaine, dont la moitié passée à courir les tribunaux et les cours d'assises. Elle buvait peu, ne fumait pas. Mais depuis quelque temps, la dose quotidienne de noirceur qu'elle se prenait dans la figure lui semblait plus difficile à supporter. Dieu sait pourtant qu'elle aimait ce métier ! « Tu l'aimes trop », disait son mari, qui s'était tôt lassé de ses journées interminables et des histoires de vies percutées qu'elle ramenait au dîner. Puis les enfants étaient partis à leur tour, elle ne les voyait plus beaucoup, mais au moins, elle était libre de boucler son sac le plus souvent possible pour rejoindre son île. Elle avait l'impression de se laver de tout dès qu'elle plongeait dans l'océan.

Un message de sa collaboratrice s'afficha sur l'écran de son téléphone. Elle avait ses règles, elle ne viendrait pas au cabinet demain, prévenait-elle. Le tout avec un clin d'œil en smiley. Alice soupira. Camille avait l'âge de son fils, c'était une fille vive, rigoureuse, qui savait démêler un dossier ou dénicher une jurisprudence en un rien de temps, mais quand elle avait ses règles, rien à faire, elle disparaissait. La première fois qu'elle lui avait annoncé, sans l'ombre d'une gêne, la raison de son absence, Alice avait été abasourdie. Le soir même, elle en parlait avec Louise.

– Tu te rends compte ? Jamais j'aurais osé dire un truc pareil ! Moi, pendant mes grossesses, je rentrais le ventre pour que ça se voie le moins possible, je bossais encore au cabinet deux jours avant l'accouchement et j'ai repris le travail une semaine après !

– Et alors ? C'était il y a un quart de siècle ! Peut-être que t'avais pas le choix, à l'époque. Mais ça aussi, ça doit changer, figure-toi...

Alice n'avait pas su quoi répondre.

Elle sortit respirer dans le jardin. Les arbres dégouttaient, des filets de brume s'accrochaient aux branches. Elle repensa au procès, à ce qu'elle aurait dû dire, les idées s'enchaînaient, tout devenait fluide. Les meilleures plaidoiries sont toujours celles que l'on refait après. Alice essaya de chasser le visage de Gérard de ses pensées. Elle s'assura que le chat était à l'intérieur et referma la porte-fenêtre. Il n'était pas si tard, elle avait le temps de jeter un œil au dossier de Lisa Charvet.

Procès-verbal de gendarmerie
VIOL SUR MINEUR

> Crime prévu et réprimé par les articles 222-23 et 22-24 du Code pénal.
> Personnes concernées : Charvet Lisa (victime mineure). Lange Marco (personne soupçonnée majeure).
> Nous soussigné, G. C., gendarme officier de police judiciaire en résidence à A., nous trouvant au bureau de notre unité, recevons à 14 h 35 Charvet Benoît et Fresnais Bénédicte, épouse Charvet, nous informant de leur volonté de porter plainte pour des faits de viols visant leur fille mineure, Charvet Lisa Laurine. Les entendons séparément.

C'était il y a cinq ans. Encore une affaire qui avait traîné trop longtemps sur le bureau d'un juge d'instruction.

L'accusé était plâtrier. C'était les parents de Lisa qui avaient donné son nom aux gendarmes, en déposant plainte. Leur fille était en classe de troisième. Le dossier regorgeait de témoignages de ses professeurs, Alice n'en avait jamais vu autant, à croire que tout le collège avait été mobilisé. Il y avait aussi une quantité de certificats médicaux. La gamine avait été hospitalisée plusieurs fois. Elle en avait vraiment bavé. Alice comprenait pourquoi elle ne voulait plus revivre tout cela.

Fellations, tentative de sodomie. Marco Lange avait toujours tout nié. Alice tomba sur plusieurs de ses courriers adressés à la juge d'instruction. Il avait cette écriture ronde, enfantine, bourrée de fautes d'orthographe, de ceux qui ont tôt arrêté l'école. Ses lettres étaient pleines de rage, il mettait des points d'exclamation partout. Plusieurs mentions figuraient à son casier judiciaire lorsqu'il avait été interpellé. Vols, bagarres, conduite en état d'ivresse, outrages à personne dépositaire de l'autorité publique. Au moment des faits, il était célibataire, âgé de trente-deux ans. Lisa en avait quinze.

Elle n'alla pas plus loin. L'affaire n'était pas compliquée.

Alice sortait du cabinet d'un juge pour enfants, quand elle tomba nez à nez avec son confrère Théry.

– On va se retrouver bientôt aux assises. Dans l'affaire Lange.
– Comment ça ?
– Je vais défendre la plaignante.
– Mais pourquoi ? Son avocat l'a laissée tomber ?
– Non, elle veut en changer.

Alice n'avait pas envie d'en dire plus. De toute façon, Théry ne l'écoutait déjà plus.

– Ça me fait penser qu'il faut que je retourne voir mon client en taule. C'est un bon gars, pas futé. Il est chauffeur routier.
– Plâtrier.
– Ah oui ! Tu as raison. Plâtrier. Je finis par les confondre, à force. Et donc, je vais t'avoir comme adversaire ?
– Oui.

– Il a pris dix ans, si je me souviens bien. Si on a cette peste de Gendron en appel, elle va au moins essayer de lui en coller cinq de plus. C'est devenu le tarif, maintenant, pour les viols sur mineurs. Surtout que Maître Alice Keridreux va encore nous en faire des tonnes sur la souffrance de la victime, j'imagine.

Alice ne releva pas.

– Ces juges, plus ça va, plus je les hais. Bornés, biberonnés à la moraline. Et lâches avec ça. Y a plus que des bonnes femmes de toute manière. Les derniers mecs que tu croises dans les couloirs, ils ont un balai et un seau à la main. Et les jeunes, elles sont pires. Non, mais tu les as vues, avec leurs baskets ? Elles jugent en bas-kets ! Les jurés, c'est pareil. Gavés de séries télé. Ils t'écoutent plus. Ils te regardent avec l'air de tout savoir mieux que toi, parce qu'ils ont vu l'intégrale des *Faites entrer l'accusé*. Plus moyen de les faire douter ! Ils ont trop peur de se faire engueuler. Quand je pense à tous ceux que je faisais acquitter avant ! Et, crois-moi, il y avait une palanquée de coupables là-dedans... Dis, tu crois que je suis vraiment trop vieux ?

Alice fut émue par sa détresse soudaine. Elle perçut le léger tremblement de ses mains quand il dégrafa sa robe. Le rabat était jauni, la doublure se déchirait par endroits. Elle le trouva amaigri, flottant dans son costume. Comme plusieurs de ses confrères, elle avait fait ses premières armes chez Théry. À l'époque, il portait beau, vivait grand train, flambait au casino et s'affichait dans les meilleurs restaurants de la ville, avec une épouse de quinze ans sa cadette. Il s'entourait de jeunes collaboratrices, de préférence jolies, qu'il envoyait à sa place rendre visite aux détenus. « Mes agents de recrutement », fanfaronnait-il.

Théry avait obtenu quelques acquittements retentissants, son nom circulait de taule en taule, le cabinet tournait bien. Les gros voyous de la région se l'arrachaient, il raffolait de son personnage de dynamiteur qui effrayait les magistrats. Puis son étoile avait pâli, sa femme l'avait plumé avant de le quitter et il terminait sa carrière comme il l'avait commencée, avec une clientèle de petits trafiquants de stups, de maris violents, de pères abuseurs et de violeurs, qui ne le payaient guère et dont il bâclait la défense. Il était aigri, ne supportait pas de voir les beaux dossiers lui échapper au profit de ceux qu'il avait formés et ne manquait jamais une occasion de leur rappeler ce qu'ils lui devaient. « Merci qui ? » lançait-il à Alice quand elle se félicitait d'un bon résultat. Avec le temps, elle s'était fatiguée de ses rodomontades, mais elle lui gardait un zeste de tendresse filiale.

Elle regarda sa montre. Il était bientôt 13 heures, elle avait du temps avant son prochain rendez-vous.

– Tu es libre à déjeuner ? Je t'invite.

Théry fit mine d'hésiter.

– J'ai une journée chargée, au cabinet... Tu sais, l'histoire du môme qu'on a retrouvé noyé ? Ils ont arrêté un suspect. Je crois que j'ai une bonne chance de récupérer le dossier. Mais je veux bien partager une choucroute et des profiteroles avec toi.

Alice lui proposa de s'éloigner du palais. Elle connaissait un petit restaurant où ils seraient tranquilles pour discuter. Théry lui prit le bras.

– Il faut que je continue pourtant, j'ai pas le choix. Quel métier de merde ! Il te reprend tout ce qu'il t'a donné. Un jour t'as la gloire, le succès, l'argent. Et le lendemain t'as plus rien. Moi, j'ai tout claqué. Je suis pas comme ces confrères boutiquiers qui gèrent bien leurs petites affaires, mangent des sushis, boivent du jus de fruits, ne fument pas, roulent à vélo et font du yoga. Tu t'es pas mise au yoga, j'espère ?

Alice sentit sur elle le regard de maquignon de Théry. Elle s'était vêtue à la va-vite ce matin-là, son chemisier la boudinait. Instinctivement, elle se redressa.

– Je nage.

– Ah, mais oui ! Tu nages ! La Keridreux aime l'eau glacée. Quand t'étais ma stagiaire, tu filais déjà nager tout le temps, par tous les temps.

Le visage de Théry s'était radouci.

– Tu as bonne mine, d'ailleurs. Tu vas toujours sur ton île ?

– Chaque fois que je peux. Et toi ? Fidèle à ton bateau ?

Alice regretta aussitôt sa question. Elle avait appris par des confrères qu'il avait dû le vendre pour payer ses dettes.

– C'est derrière moi. Comme le reste.

À peine assis, Théry héla le serveur :

– La pièce de bœuf, saignante pour moi, avec des frites et un quart de rouge. Vous donnerez une salade verte sans vinaigrette et une verveine à Madame.

– Avec une omelette au milieu, s'il vous plaît.

L'invitation d'Alice semblait l'avoir ragaillardi. Il se montrait même attentionné, l'interrogeait sur ses dossiers en cours. Il manqua de s'étouffer de rire lorsqu'elle se mit à imiter une de ses clientes. « Chrystel, avec un *y* et un seul *l*, Maître. J'y tiens beaucoup. » Alice avait toujours eu un don pour ça, ses amis lui disaient qu'elle avait raté sa vocation. Théry entrait dans son jeu, raillait la novlangue des tribunaux, le règne du « ressenti », des « chagrins à perpétuité », des « vertus thérapeutiques » du procès, et autres expressions qui les hérissaient autant l'un que l'autre.

Alice retrouvait le patron qu'elle avait connu, vif et roublard, avec cet humour noir des avocats, si effrayant aux yeux de ceux qui ne sont pas du métier. Elle avait évolué au milieu de ces récits mâles, tellement enjolivés qu'ils n'avaient plus rien à voir avec la réalité. De la même anecdote d'audience, ils changeaient le palais, l'auteur, l'époque. L'histoire enflait, s'enrichissait et nourrissait la légende du métier. On en héritait, puis le jour venait où on la transmettait à son tour.

– Tu as des nouvelles de Jean ? demanda Théry.

– Je l'appelle souvent. Sa voix est de plus en plus faible. La dernière fois, il m'a dit qu'il voulait arrêter les traitements.

— Tu vois, de tous les confrères que je connais, c'est le seul que j'admire vraiment. C'est un seigneur, Jean.

— Tu te souviens de l'histoire de Lucienne ?

— « Lucienne avait des cheveux noirs, elle portait un gilet jaune tricoté et une jupe plissée », commença Alice.

— « Son mari, Marcel, était charpentier, il avait deux doigts coupés... », enchaîna Théry.

Leurs souvenirs se complétaient, un détail oublié par l'un était ravivé par l'autre. Lucienne avait débarqué au cabinet de Jean pour s'accuser d'avoir fait disparaître le corps de son bébé, des années plus tôt. L'enfant était mort sous les coups de son père, ils l'avaient roulé dans un linge et enterré sur un bout de terrain familial. La justice ne s'était jamais saisie de cette affaire, le couple avait déménagé, la vie avait repris. À Jean, elle avait expliqué que son bébé la hantait, qu'elle voulait lui donner une sépulture, une vraie, avec un prénom et des dates gravés sur une pierre dans un cimetière. Elle n'avait pas le courage de se dénoncer toute seule. Elle voulait que Jean appelle lui-même la police. Il lui avait dit que ce n'était pas son rôle.

— Une semaine plus tard, elle était devant sa porte...

— Avec sa valise.

Jean avait expliqué à Lucienne tout ce qui risquait de lui arriver : garde à vue, ouverture d'une enquête, recherche du cadavre de l'enfant, confrontation avec son mari, procès, condamnation. Elle répétait obstinément qu'elle ne pourrait pas continuer à vivre tant que son enfant n'aurait pas de sépulture.

– À l'époque, Jean défendait déjà la moitié du milieu, les flics le détestaient, dit Théry.

– Il n'en avait pas dormi pendant des nuits.

Jean avait appelé le commissaire, deux agents étaient venus chercher Lucienne au cabinet. On avait retrouvé les os de l'enfant exactement là où elle l'avait indiqué. Elle avait été condamnée.

– Il s'est toujours demandé s'il avait bien fait.

Le silence retomba entre eux. Ils étaient aussi émus l'un que l'autre. Théry commanda deux cafés.

– Tu sais, pour l'affaire Lange, je suis sûr que la juge en pinçait pour Laurentin, l'avocat qui t'a précédée. Elle devait être flattée d'avoir un Parisien dans son bureau, cette greluche. Au début, pourtant, elle était correcte avec moi, j'avais même obtenu la remise en liberté de mon client. Le gommeux m'en voulait à mort. Et puis Lange a fait le con, il est revenu dans le coin, quelqu'un l'a reconnu et l'a dénoncé. Violation de contrôle judiciaire, *zou*, retour en taule. Et après ça, la juge a refusé toutes mes demandes de confrontation. La gamine n'était pas en état de supporter, me disait-elle. J'ai fini par laisser tomber. J'allais pas passer ma vie avec Lange non plus. C'est le genre de client à t'écrire tous les jours mais à faire le mort dès que tu lui envoies tes honoraires. Heureusement que j'avais d'autres affaires plus intéressantes sur les bras, à l'époque.

En quittant Alice sur le seuil de la brasserie, il lui dit encore :
– Bon, c'est pas avec ça que je vais calmer mon banquier. Mais si je me souviens bien, il ne tient vraiment pas à la colle, ce dossier. C'est parole contre parole. Si j'avais encore la pêche, je ferais qu'une bouchée de ta cliente et de toi, Keridreux. Allez, je vais essayer de le convaincre d'avouer quelque chose, Lange. Sans ça, il est fichu. Tu vois, je m'amende. Moi aussi, je deviens sensible à la douleur des victimes.

Le temps de retirer ses gants et de récupérer son téléphone au fond de sa poche, la sonnerie s'était tue. Un numéro inconnu s'affichait à l'écran. Lisa écouta la messagerie. Alice Keridreux était d'accord pour prendre son affaire et lui proposait un rendez-vous le jeudi après-midi suivant. Elle aurait dû s'y attendre. Agenouillée dans la terre humide, elle se remit à sarcler. Elle avait agi sur un coup de tête en allant voir cette avocate et, maintenant, elle ne savait plus ce qu'elle voulait. Il allait falloir tout recommencer, raconter encore et encore ce qui lui était arrivé. Elle pourrait peut-être retarder, dire qu'elle n'était pas libre ce jour-là ou ne pas rappeler. Alice Keridreux l'oublierait. Tout de même, se dit-elle, l'avocate aurait pu faire un effort, lui demander de ses nouvelles. Rien. Lisa força pour écarter la branche d'un rosier, un rameau lui échappa et lui griffa le visage. Elle jura, ses yeux s'embuèrent, les larmes jaillirent. Mais pourquoi était-elle seule à porter tout cela ?

Les autres apprentis étaient déjà rentrés. Elle fit un tas avec les branches, rassembla ses outils, les rangea un à un dans leur fourreau, épousseta la terre sur son pantalon et regagna lentement l'entrepôt. Par la porte grande ouverte, elle entendait des rires, le plus vieux jardinier de l'équipe fêtait son anniversaire, la patronne offrait le champagne. Lisa ne pouvait pas partir sans les saluer. Des exclamations l'accueillirent, on lui tendit un verre, elle trinqua. La gaieté et la chaleur du groupe l'apaisèrent. Elle irait au rendez-vous.

À cette heure, son père devait être rentré chez lui. Tant mieux, la conversation durerait moins longtemps. Depuis qu'il avait refait sa vie, il évitait de lui parler en présence de sa femme. Il ne décrocha pas tout de suite, Lisa attendit, il était sans doute en train de se mettre à l'écart pour lui répondre. Le champagne lui faisait encore un peu d'effet, sa voix était enjouée. Elle s'excusa, lui dit très vite qu'elle avait rencontré une avocate qui acceptait de la défendre. Il y eut un silence de quelques secondes, des raclements de gorge. Elle ne pouvait pas décider ça toute seule, c'était un choix trop important, elle aurait dû lui en parler plus tôt, Laurentin était formidable, ce n'était vraiment pas une bonne idée de changer... Lisa ne le laissa pas terminer.

– Papa, c'est mon affaire.

Elle entendait les cris de Léo derrière lui. Puis la voix de sa femme qui le hélait. Il avait dû mettre sa main devant le téléphone, le son était étouffé, il lui dit que bien sûr il la comprenait, mais que... Les cris de l'enfant redoublèrent.

– Ne t'inquiète pas. Je te promets que ça va aller.
– Comment a réagi ta mère ?

Lisa avait mis du temps à s'habituer à ces « ta mère » et « ton père », qui remplaçaient le « papa » ou « maman » de leurs conversations d'avant, cette façon qu'ils avaient eue de lui imposer leur rupture. Et puis, comme tous les enfants de divorcés, elle s'était adaptée. Elle jouait de leur rancœur comme d'un clavier. Elle savait ce qu'il fallait dire, où et comment appuyer, et ce qu'il valait mieux taire. C'est un savoir qui s'acquiert vite, finalement. Son père était toujours flatté quand elle lui annonçait les choses en premier. Ça devait le rassurer, alléger un peu sa culpabilité d'avoir planté sa femme et ses filles, surtout elle, la cadette, avec ce qui lui était arrivé.

– Elle ne le sait pas encore. J'ai préféré te prévenir d'abord.

Il lui dit qu'il l'embrassait, qu'il la rappellerait très vite et qu'ils iraient déjeuner tous les deux.

Lisa n'avait même pas pensé à prendre des nouvelles de Léo. Elle le connaissait à peine, ce demi-frère. Elle aurait voulu l'aimer, pourtant. Mais c'était plus fort qu'elle, elle était jalouse de la fierté de son père quand il prenait son fils dans ses bras. Et puis, avec sa barbe de deux jours, ses nouvelles lunettes et son ventre rentré dans son jean, son père l'agaçait. Elle le trouvait ridicule, à son âge, de vouloir ressembler à un jeune.

Le samedi suivant, elle déjeunait chez sa mère. Lisa éprouvait un pincement au cœur chaque fois qu'elle poussait le portillon de la villa. Rien n'avait bougé dans la maison. Les cadres étaient toujours aussi impeccablement alignés dans la montée d'escalier. Il y en avait dix-sept, un par marche. C'était un rituel de poser chaque été en famille, assis sur le sable, dos à la mer, alignés comme à la parade. Des portraits en noir et blanc, commandés au photographe de la plage, tous dans le même format. Sur le dernier, Lisa doit avoir treize ans, elle est un peu rondelette, aussi bronzée que son père. Solène a le même teint clair que sa mère. Ses parents sont serrés l'un contre l'autre, ils sourient, ils sont beaux, tous les deux.

Autour de la table de la cuisine, elles faisaient l'une et l'autre des efforts pour paraître enjouées, légères, heureuses de se voir. Lisa avait apporté des fraises de saule et une espèce rare de graminées. Elle s'était émerveillée du cadeau de sa mère, un sweat orange qu'elle ne porterait jamais, elle détestait cette couleur. La conversation avait roulé tranquillement jusqu'au dessert sur les semis, le potager, le réchauffement climatique et les bienfaits de la purée d'orties. Au moins, là-dessus, elles s'entendaient. La gêne était arrivée avec Solène. Le séjour de sa sœur en Suède devait durer un an, le temps de passer un diplôme de plus. Mais depuis quelque temps, un grand barbu nordique apparaissait sur les photos du WhatsApp familial et Solène ne parlait plus de son retour. À cause du barbu et du sourire de sa sœur à côté de lui, sa mère contournait le sujet. Elle ne voulait pas faire de peine à Lisa.

Depuis son affaire, un silence embarrassé recouvrait tout ce qui touchait à la vie amoureuse ou à la sexualité. Le souvenir des années tourmentées était encore trop vif. Pauvre maman. Elle n'osait même plus lui proposer d'aller au cinéma ou de regarder un film ensemble à la télé, elle devait avoir peur de tomber sur une scène de cul au milieu.

Lisa avait saisi le moment où sa mère, penchée pour enfiler ses bottes de jardin, ne la regardait pas.

– Je vais changer d'avocat. Je préfère être défendue par une femme.

Elle avait tourné la phrase plusieurs fois dans sa tête, sur le trajet. Sa mère ne pourrait rien lui opposer. Lisa se souvenait très bien qu'elle avait hésité, à l'époque, à choisir Laurentin. Elle la revoyait assise dans le salon, disant à son amie que ce serait plus facile pour sa fille de se confier à une femme. Son père soutenait au contraire qu'il valait mieux un homme pour affronter Lange et son avocat. Ils lui avaient demandé son avis, elle avait répondu qu'elle s'en fichait. Pour une fois, son père l'avait emporté.

– J'en ai rencontré une. Elle s'appelle Alice Keridreux. Je la revois bientôt. Elle est plus vieille que toi.

Lisa raconta le cabinet, en plein centre-ville, le grand bureau qui donnait sur le quai, elle ajouta que l'avocate avait deux enfants, toutes choses, pensait-elle, qui rassureraient sa mère.

– Ton père ne va pas être d'accord.

– Je l'ai prévenu juste avant de venir te voir. Il était chez lui, Léo pleurait, la conversation n'a pas duré très longtemps, je ne voulais pas le déranger avec ça... Tu sais comment il est maintenant...

Elle jouait sur du velours et n'en était pas fière. Sa mère s'était raidie, comme chaque fois qu'on évoquait devant elle la nouvelle vie de son ex-mari.

– Il a tout de même compris que c'était très important pour toi ? Il a divorcé de sa femme, pas de sa fille.

C'était gagné.

La nuit commençait à tomber quand elles rejoignirent la gare. Elles restèrent quelques secondes en silence, face à face sur le quai.

– Tu sais, tu as raison, pour l'avocate.

Sa mère la serra maladroitement dans ses bras. Lisa sentit malgré elle tout son corps se raidir.

Elle lui adressa un sourire à travers la vitre taguée du TER, mit son casque sur les oreilles, releva sa capuche et repoussa du pied la canette écrasée et le carton graisseux qui jonchaient le sol. La voie suivait la nationale, longeait une zone d'entrepôts puis traçait une courbe sur la gauche avant d'emprunter un pont. De là, on voyait toute la ville. Lisa guetta le moment où son collège apparaîtrait, avec sa façade en demi-cercle hérissée de tubes métalliques jaunes, et elle ferma les yeux. Le train filait maintenant dans la campagne, parsemée de zones pavillonnaires. Un groupe de jeunes monta à la gare suivante, elle s'enfonça davantage dans son siège. Le regard d'une fille aux cheveux noir corbeau, la narine percée d'anneaux, glissa sur elle. Ils s'installèrent dans un carré plus loin, leur enceinte crachait un mauvais son, ils parlaient fort.

Depuis son histoire, Lisa n'avait revu presque personne. Elle n'était pas venue au procès le jour où son amie Marion avait témoigné. Les seuls qu'elle n'avait pas pu éviter, c'était ses deux anciens profs du collège, Mme Valette et M. Boehm. Ils étaient au fond de la salle quand elle était entrée, Pauline Valette avait les yeux rougis. Lisa en avait été chavirée. L'avocate allait sûrement lui poser plein de questions sur eux.

Elle repensa à sa mère. Celle-ci avait déjà dû envoyer un message à Solène pour tout lui raconter. Sa sœur aussi serait d'accord, sur le choix d'une avocate.

On discutait peu de religion à la maison, voilà bien longtemps que plus personne dans la famille n'allait à l'église, la politique n'était pas un sujet non plus, mais tout ce qui touchait aux relations entre les hommes et les femmes enflammait sa mère. Elle n'avait pas pardonné à ses parents de ne pas l'avoir encouragée autant que ses frères dans ses études. C'est pour ça qu'elle avait été si exigeante sur leurs résultats scolaires. Elle voulait que ses filles soient indépendantes et, peut-être, aussi, qu'elles la vengent.

«Il faut vous armer. Moi, je ne l'ai pas été assez», répétait-elle.

Ça n'avait pas été simple, dans cette famille, d'être une adolescente avec des seins qui excitaient les garçons.

On appelle ça l'enquête de personnalité. Sa qualité dépend de la bonne volonté de l'enquêtrice ou de l'enquêteur, et aussi, il faut bien l'admettre, de l'intérêt de l'affaire et de la catégorie sociale de l'accusé. Autant dire que, la plupart du temps, elle ne tient qu'en quelques pages. Cinq avaient suffi pour faire le tour de celle de Marco Lange.

Des types comme lui, Alice en avait vu défiler des dizaines. Elle avait un nom pour eux : les « hommes Kleenex ». En résumé, sa mère avait eu trop d'enfants et lui trop de beaux-pères, il avait été placé en foyer d'accueil plusieurs années, était gaucher, l'école l'avait rejeté, après on l'avait mis en chaudronnerie, bien sûr il avait raté son CAP. Cette phrase, « J'ai raté le CAP », était une de celles qu'Alice lisait le plus souvent dans les dossiers de ses clients. Avec quelques autres, comme « J'ai redoublé mon CP » et « J'ai pas connu mon père ».

Il avait voulu s'engager dans l'armée, il se voyait mécanicien dans les blindés, mais là non plus ça n'avait pas marché. Les biographies des accusés sont pleines de rêves échoués. Il avait travaillé un peu partout, toujours à la périphérie des villes, accumulé les petits boulots, jusqu'à ce qu'un artisan le prenne en affection et lui enseigne le plâtre et la peinture.

Avec les femmes, Marco Lange n'avait pas eu plus de chance. On lui offrait la moitié d'un lit, un homme en sortait, un autre arrivait et le chassait. Aucune de celles qu'il avait connues ne s'était décidée à faire de lui un mari et un père. Il en avait suivi une à trente ans, elle en avait douze de plus, élevait seule deux enfants, elle lui avait dit qu'on embauchait dans sa région.

« Cette fois-là, j'y avais vraiment cru, à la femme et au boulot », disait-il.

Les deux avaient duré un peu plus longtemps que les autres. Il avait eu le temps de lui retaper son pavillon, d'agrandir le potager et de s'attacher aux gamins.

« Et puis, ça s'est arrêté. »

La rupture l'avait déprimé, du coup il avait essayé « de le faire avec des hommes », mais il n'était « pas trop à l'aise pour en parler », l'enquêtrice avait noté les phrases entre guillemets. Marco Lange avait tout de même décidé de rester dans le coin, il était fatigué de bouger et surtout, disait-il, c'était la première fois qu'il avait ses habitudes quelque part. Il avait même trouvé un logement, une pièce en rez-de-chaussée qui donnait sur une courette.

« Je voyais pas beaucoup la lumière mais au moins, c'était chez moi. »

C'est là que les gendarmes étaient venus l'arrêter.

Sur la photo de profil, il a le front bombé juste au-dessus des sourcils et des cheveux noirs implantés haut sur le front. Vu de face, Alice se dit qu'il aurait pu être l'un des ouvriers assis sur la poutre du Rockfeller Center à l'heure du déjeuner, sur le fameux cliché des années trente. Un visage laborieux, sans époque apparente. Ou alors c'était la mauvaise photocopie qui donnait cette impression. Marco Lange porte une chemisette claire à manches courtes, col ouvert. C'était le printemps.

Premier procès-verbal de garde à vue. Il se déclare célibataire et sans emploi. Au gendarme qui lui demande s'il a quelqu'un à prévenir, il répond non, personne. L'interrogatoire commence comme une conversation de routine, il indique le nom de ses derniers employeurs, explique qu'il a quitté l'un « à cause du salaire », l'autre « pour incompatibilité d'humeur », et que le troisième l'a licencié après un arrêt maladie, « pour dépression », précise-t-il.

Au feuillet 4, le gendarme entre dans le vif du sujet.

Retour à la ligne, caractères gras, sous-titre : « Comportement sexuel ». Marco Lange dit qu'avec les femmes il « pratique l'acte normalement ». Son interlocuteur insiste. Pour les fellations, c'est oui, souvent. Pour la sodomie, seulement de temps en temps. S'il a des « pulsions » ? Oui, ça arrive. Des « gestes déplacés » ? Peut-être, « juste des mains au cul ». S'il regarde des films pornographiques ? Encore oui. Quel genre ? Les deux. Plus précisément ? Autant avec des femmes qu'avec des hommes. Et avec des enfants ? Jamais. S'il a été agressé sexuellement ? Non, « mais un de mes frères oui ».

Nouveau chapitre. Bien sûr qu'il connaît la famille Charvet. Il a travaillé chez eux plusieurs semaines, il a installé une pergola et construit un appentis pour aménager une chambre d'amis et un bureau. Leurs enfants ? Il les connaît aussi. Deux filles. Comment étaient les relations avec eux ? « Au début le contact est bien passé, et puis après, ça s'est gâté, je n'allais pas bien à ce moment-là, je buvais beaucoup. La cliente ne m'a pas laissé terminer le chantier. »

– Savez-vous pourquoi vous êtes ici ? lui demande le gendarme.

– Ça fait déjà plusieurs fois que vous me posez la question, je vois toujours pas ce que j'aurais pu faire de mal.

« Informons Lange Marco des raisons de l'enquête depuis son placement en garde à vue », indique le procès-verbal.

– Je comprends pas. J'ai jamais violé personne.

Son audition est suspendue deux heures. Changement de gendarme. À la reprise, l'enquêteur note que Marco Lange a mangé le sandwich qui lui a été proposé. Et les questions recommencent. Relations sexuelles, pulsions, rêves érotiques, gestes déplacés, emploi du temps. Il s'énerve. Finit par dire que, peut-être, il a dit des trucs qu'il n'aurait pas dû aux deux filles Charvet.

– La plus jeune, c'est le genre à se pavaner à moitié à poil devant sa fenêtre.

Il ajoute :

– Je dois dire que moi, c'est plutôt la mère qui me plaisait. Elle se plaignait toujours que son mari n'était jamais là. Elle m'a renvoyé comme un malpropre, sans me payer, en plus.

Mais jusqu'au bout il répète qu'il n'a rien fait et qu'il ne comprend pas pourquoi on l'accuse. À la fin de ses quarante-huit heures de garde à vue, Marco Lange est envoyé en détention.

Dans les bureaux voisins, d'autres personnes sont entendues. La femme de son dernier employeur raconte qu'elle évitait de se retrouver seule avec lui à l'entrepôt. Elle lui trouvait un « regard bizarre. » Elle avait même eu « l'impression » qu'il se « tripotait » devant elle. La serveuse d'un bar où il va souvent dit qu'il a « la main leste ».

Lydie, son ex, décrit un homme gentil, serviable, mais qui « peut devenir agressif quand il a trop bu ». À elle aussi, on demande si Marco Lange a une « sexualité normale ». Il doit y avoir une norme gendarmesque pour la sexualité, soupira Alice.

Rien qu'à lire le procès-verbal, elle imaginait la scène. Le témoin n'était visiblement pas du genre à se laisser impressionner.

– On faisait l'amour, quoi.

– Lui est-il arrivé de vous demander des choses extravagantes ?

– On se faisait du bien, c'est tout. Si vous voulez tout savoir, c'est même moi qui lui ai appris des choses. C'est gratuit, on n'embête personne et ça nous regarde.

Le gendarme lui demande l'âge qu'avait sa fille lorsqu'elle vivait avec Lange.

– Quinze-seize ans.

– Comment se comportait-il avec elle ?

La dame se rebiffe.

– Qu'est-ce que vous allez imaginer ? Ma fille, il ne risquait pas de l'approcher. Et puis, je peux vous dire qu'avec moi, il avait assez à faire.

Elle précise tout de même que lorsqu'elle avait su, après coup, qu'il « couchait aussi avec des hommes », ça l'avait « dégoûtée ».

L'enquête s'intéressait beaucoup à cette bisexualité de Lange. Les gendarmes avaient déjà identifié l'un de ses partenaires, un type dans son genre, bouchon au fil de l'eau, qui expliquait qu'ils avaient eu des relations « comme ça, en passant ». Un jeune homme assurait avoir décliné des propositions insistantes. Un autre disait qu'il avait été «mal à l'aise» devant ses confidences au bar. Un ami de Lange racontait qu'il l'avait viré de chez lui, un soir où il était saoul et où il avait demandé à sa femme si elle voulait «le sucer».

– J'étais pas sûr d'avoir bien entendu. Je lui ai dit «Répète», il a rigolé, j'ai failli lui mettre mon poing dans la figure. Avec ma femme, on s'était dit ce soir-là qu'il serait capable de violer quelqu'un.

Les gendarmes avaient aussi retrouvé une voisine des Charvet, comptable retraitée, se présentait-elle, chez qui Marco Lange était venu repeindre les plafonds. Elle ne lui pardonnait pas d'avoir abîmé le chambranle d'une armoire en la déplaçant.

– J'ai tout de suite vu le genre d'homme que c'était, disait-elle.

Ah ! Les merveilleux témoins ! Même quand ils ne savent rien, ils trouvent quelque chose à dire, s'agaça Alice. Elle éprouvait une fois de plus les mots justes d'Erri de Luca. «Prendre connaissance d'une époque à travers les documents judiciaires, c'est comme étudier les étoiles en regardant leur reflet dans un étang.»

Alice remonta aux premières cotes du dossier et relut les dépositions des parents de Lisa, le jour où ils avaient porté plainte. Le procès-verbal de Bénédicte Charvet était beaucoup plus fourni que celui de son mari.

– Dès qu'elle a compris que j'étais au courant, Lisa s'est enfermée dans sa chambre. Ce n'est qu'au milieu de la nuit qu'elle m'a ouvert la porte. Elle était toute pâle, ne tenait plus sur ses jambes. Je l'ai conduite aux urgences. Le médecin lui a donné un calmant et a décidé de la garder en observation jusqu'au lendemain. Mon mari était en déplacement, j'ai attendu son retour. Nous sommes allés la chercher ensemble à l'hôpital. Lisa a ensuite refusé de nous accompagner à la gendarmerie pour porter plainte. Elle ne voulait pas donner de nom, elle disait qu'elle avait peur. J'ai insisté, et elle a fini par nous dire que c'était quelqu'un qu'on connaissait et avec qui on était fâchés.

Bénédicte Charvet est la première à évoquer Marco Lange. Elle aurait dû se méfier plus tôt de cet homme, disait-elle.
– Au début, il travaillait bien. Je l'avais un peu pris en pitié, il me racontait sa vie, il était très seul. Puis il a commencé à se laisser aller. Il arrivait en retard, il trouvait toujours une excuse.

Elle s'était vraiment fâchée contre lui le jour où elle l'avait surpris en train de vider une bouteille de vodka sur le chantier. Surtout, poursuivait-elle, « j'avais dit aux filles de faire attention. Je lui trouvais un regard bizarre ». Les mêmes mots que la femme de l'artisan.

Elle ajoutait :
– Un matin, alors qu'on prenait le café dans la cuisine, Lisa est descendue prendre son petit déjeuner.

Elle était en chemise de nuit. Il l'a regardée et m'a dit : « Elle devient belle, votre fille. Plus belle que vous encore. Une vraie petite femme. »

Elle avait aussitôt, disait-elle, « éprouvé un grand malaise », et demandé à Lisa de remonter dans sa chambre.

– Quand j'ai appris ce que Lisa avait dit à ses professeurs, j'ai tout de suite pensé à Marco Lange.

Alice surligna la phrase « ce que Lisa avait dit à ses professeurs ». Deux d'entre eux, Pauline Valette et François Boehm, avaient été longuement entendus pendant l'enquête.

Pauline Valette, sa professeure de français, avait été la première à s'être inquiétée du changement de comportement de Lisa en classe. Elle disait qu'elle ne reconnaissait plus l'élève pétillante et vive du début de l'année. Lisa s'isolait, semblait prendre moins soin d'elle depuis quelque temps alors qu'elle était plutôt coquette jusque-là.

– Elle ne s'habillait plus de la même façon, portait des vêtements informes. À l'interclasse, elle trouvait toujours un prétexte pour rester dans la salle et ne pas rejoindre les autres élèves dans la cour.

À sa professeure, Lisa avait d'abord expliqué qu'elle se sentait mal chez elle, qu'elle ne supportait plus les remarques de sa mère et surtout qu'elle était triste parce que ses parents se disputaient tout le temps. Une autre fois, elle lui avait dit que « c'était une histoire de filles ».

– Elle recherchait ma présence. Elle semblait vouloir se confier. Cette élève me touchait. J'ai essayé de la mettre en confiance.

Elle lui avait même donné son numéro de téléphone. L'adolescente l'avait appelée en pleine nuit et avait aussitôt raccroché. Quand elle lui en avait parlé, Lisa avait expliqué que c'était une erreur et elle s'était excusée. Une autre fois, elle lui avait demandé si elle pouvait la déposer chez elle pour lui éviter de prendre le car scolaire. Elle disait que l'arrêt était un peu loin de sa maison et que, quand il faisait nuit, elle avait peur de faire de mauvaises rencontres, parce que ça lui était déjà arrivé.

– J'avais l'impression qu'elle ne racontait les choses qu'à moitié, comme si elle attendait de moi que je devine la suite. Ça me mettait dans une situation compliquée. Elle m'avait expliqué qu'elle n'avait personne à qui se confier, surtout pas sa mère, que son père n'était jamais là, que sa sœur travaillait tout le temps.

Pauline Valette racontait d'ailleurs que, lors d'une rencontre à la fin du trimestre entre les parents et les professeurs, elle s'était entretenue avec Bénédicte Charvet du mal-être de sa fille.

– Mme Charvet était surtout préoccupée par ses mauvais résultats scolaires. Elle disait que Lisa était une adolescente compliquée et elle ne cessait de la comparer à sa fille aînée.

Sur son procès-verbal, elle évoquait encore l'absence de Lisa à un voyage scolaire que la classe préparait depuis de longues semaines. Elle était arrivée au collège le visage tuméfié, elle disait qu'elle était tombée à vélo.

– Je ne saurais pas dire précisément pourquoi, mais j'ai eu le sentiment qu'elle s'en était servi comme d'un prétexte pour ne pas participer au voyage.

Ce qui était sûr, ajoutait-elle, « c'est que Lisa Charvet était en souffrance. Elle semblait en permanence au bord des larmes ».

Très impliquée, la Pauline Valette, nota Alice.

François Boehm, le prof d'histoire, partageait son inquiétude. Lisa avait fait un malaise pendant son cours. Elle avait recommencé en sciences, lors d'un exposé sur la reproduction. L'infirmière scolaire assurait que Lisa était seulement en hypoglycémie.

– Avec François Boehm, on s'est dit qu'il fallait être vigilants avec Lisa Charvet. Mais on ne se sentait pas vraiment soutenus par les enseignants plus âgés, et surtout par le principal du collège.

Pauline Valette semblait en vouloir beaucoup à cet homme, Luc Fayolle.

– Il nous a reproché de trop nous préoccuper d'elle et nous a demandé de prendre plus de distance. Il disait qu'il y avait bien d'autres élèves en difficulté. Il mettait ça sur le compte de notre « inexpérience ». Lui, il est proche de la retraite, plus rien ne l'intéresse.

Le principal avait tout de même pris les choses en main. Parmi les documents saisis auprès de l'administration du collège pendant l'enquête figurait une sorte de carnet de cantine consacré à Lisa Charvet. Saumonette-riz, purée-saucisse, spaghetti carbonara. Les menus étaient recopiés de la même écriture appliquée, parfois hésitante sur l'orthographe. « Lundi : Lisa Charvet n'a pris qu'un plat de résistance épinards-blé qu'elle a à peine touché. » « Mardi : Lisa Charvet a mangé l'entrée œuf mayonnaise mais elle n'a presque pas touché au plat de résistance couscous. » « Jeudi : Lisa Charvet a rendu sans l'avoir touché du tout (souligné deux fois) le colin-pommes de terre vapeur et la compote », « Vendredi : Lisa Charvet a donné son cordon-bleu et n'a pas mangé sa mousse au chocolat. »

Il y en avait dix pages comme ça, rédigées sur un bloc à spirale. Alice imaginait la surveillante de la cantine avec sa charlotte en papier bleu pâle sur la tête, circulant l'air de rien entre les tables pour espionner le plateau de l'adolescente et s'assurer qu'elle ne refilait pas en douce sa portion de saucisse.

Et puis, un samedi matin, tout avait basculé. La veille, Lisa n'avait pas rendu son devoir de français. Elle était partie en pleurant quand Pauline Valette avait tenté de la retenir après le cours. La professeure avait pris à part sa meilleure amie, Marion, pour lui demander si elle savait quelque chose. Marion refusait obstinément de parler, la prof avait insisté, elle avait craqué. Lisa lui avait confié qu'un homme abusait d'elle. Ça s'était passé plusieurs fois. Elle lui avait fait jurer de ne rien dire.

Pauline Valette et François Boehm avaient aussitôt pris ensemble la décision de convoquer Lisa en salle des profs, en présence de son amie.

– Ce que Marion venait de me dire confirmait tout ce que je craignais. On en avait déjà parlé plusieurs fois, avec le collègue d'histoire. On a voulu en avoir le cœur net. Et c'est là que Lisa nous a avoué qu'elle avait été violée.

Alice tiqua sur le verbe « avoué ». L'aveu, c'est pour les coupables, pas pour les victimes. Les deux enseignants avaient rendu compte au principal. Luc Fayolle avait aussitôt convoqué les parents Charvet et alerté en même temps le rectorat et le procureur.

Lisa est entendue trois jours plus tard. C'est une gendarme qui la reçoit. Elle la tutoie et lui parle comme à une enfant de dix ans.

– Es-tu d'accord pour que l'on te filme, pour qu'on t'enregistre pendant que nous discutons ?

La réponse est oui. La gendarme lui demande en quelle classe elle est, si elle a des frères ou sœurs, ce qu'elle aimerait faire plus tard.

– Je veux m'occuper des enfants.

Alice essayait de se représenter Lisa avec cinq ans de moins, sous la lumière blanche d'un bureau de gendarmerie de sous-préfecture, face à une femme en uniforme qui l'amenait doucement à raconter ce qu'elle avait subi.

– La première fois, c'était chez moi. J'étais seule à la maison, il a sonné, il m'a dit qu'il venait récupérer des outils. On a discuté, et puis... à un moment, il m'a serrée, il m'a embrassée, il a commencé à me caresser partout et il a... mis sa main dans ma culotte. J'étais paralysée, je ne pouvais plus bouger... Je me suis laissé faire. La deuxième fois, c'était dans sa voiture. Il a sorti son sexe, il a pris ma tête et il m'a forcée... Il me disait qu'il se vengerait si je racontais ça à mes parents...

« Notons que la mineure n'arrête pas de pleurer », précise la gendarme. Elle demande des précisions. Oui, c'est bien Marco Lange. Non, Lisa ne se souvient pas s'il a éjaculé. Mais injuriée, ça lui est resté.

– Il m'a dit que j'étais bonne qu'à ça.

Commencée à 17 h 51, sa déposition s'arrête à 19 h 16. Les adultes, ses parents, ses professeurs parlent bien plus qu'elle.

Suit un rapport d'expertise médicale, auquel sont joints une pipette, une lame, trois écouvillons et un flacon de sang. Une jeune fille, dans une procédure judiciaire. « L'examen génital retrouve des grandes lèvres, des petites lèvres et une fourchette vulvaire d'aspect normal. L'hymen est intact et perméable à un doigt. L'examen périnéal ne retrouve pas de lésion de la marge anale, et des plis radiés intacts. Le toucher rectal n'est pas réalisé. »

Vierge, donc, nota Alice.

Lisa avait déjà une demi-heure de retard. Alice s'impatientait. Elle avait encore trois parloirs à la maison d'arrêt, un coup de fil à passer à un juge d'instruction, et Chrystel avait vidé la boîte de mouchoirs en papier. Naïma entra, l'air contrarié. Lisa Charvet était enfin arrivée, lui annonça-t-elle, mais elle n'était pas seule. Son père l'accompagnait.

– Il insiste pour vous rencontrer.

Il ne manquait plus que ça. Alice ajusta son chemisier, lissa les plis de son pantalon et s'avança vers la salle d'attente. En un coup d'œil, elle devina que la situation était tendue. Lisa évitait son regard, son père se leva d'un bond à son arrivée.

– Laurent Charvet. Je voudrais vous parler.

Alice lui tendit la main.

– Enchantée. Je vous écoute.

– Je n'ai rien contre vous, mais je pense que ce n'est pas une bonne idée pour ma fille de changer d'avocat maintenant. Je le lui ai dit. Maître Laurentin a toujours été d'un soutien sans faille pour Lisa et pour nous. Nous lui devons beaucoup. Et surtout, il connaît parfaitement le dossier, il l'a suivi depuis le début et il est très compétent.

Laurent Charvet s'efforça d'adoucir la sécheresse de ses derniers mots.

– Je ne mets pas du tout en cause votre compétence, bien sûr. Mais le procès est dans moins de quatre mois et j'imagine que vous êtes déjà très occupée...

Lisa gardait la tête baissée.

– Votre fille est majeure. C'est donc à elle de décider ce qu'elle veut faire. Le mieux est sans doute de la laisser réfléchir et de reporter ce rendez-vous.

– Je ne veux pas, dit Lisa.

Sa voix tremblait.

– Tu ne veux pas quoi ? demanda son père.

– Je ne veux pas reporter. C'est moi qui choisis. Je veux que vous me défendiez.

Elle avait planté ses yeux dans ceux d'Alice.

– Il faut que tu nous laisses, maintenant, murmura-t-elle à son père.

La porte du cabinet se referma. Lisa sanglotait.

– J'ai essayé de lui expliquer. Il s'est buté tout de suite. « Je ne te comprends pas », il m'a dit. Et là, je sais pas ce qui m'a pris, c'est sorti d'un coup. Je lui ai balancé que de toute façon il avait jamais rien compris. Que j'avais su très tôt qu'il trompait ma mère. Et que j'avais tout gardé pour moi. Ça faisait tellement longtemps que j'avais ça sur le cœur. Le pire, vous savez ce que c'est ? Il a fait comme s'il n'avait rien entendu. Tout ce qu'il a trouvé à me répondre, c'est que j'étais fragile à cause de ce que j'ai vécu !

Ses larmes avaient séché.

– Ça m'a fait du bien, tout à l'heure, quand vous avez dit que c'était moi qui devais décider. Vous avez lu mon dossier ?

– Oui. Vous sentez-vous prête à travailler ?

– Je crois.

– Parlez-moi de la jeune fille de quinze ans que vous étiez.

– Je me détestais.

– Ce n'est pas rare, à cet âge.

Lisa revoyait le regard plein de mépris de sa sœur quand elle l'avait surprise dans la salle de bains en train de faire des mines dans le miroir, avec ses yeux trop maquillés et sa bouche peinte en rouge. « Tu es ridicule », lui avait dit Solène.

Elle sentait monter à nouveau la rage contre cette aînée qui rendait si fiers ses parents, la déception qu'elle lisait dans les yeux de sa mère, la maison qui l'étouffait. Une fois passée la porte, elle devenait une autre, elle se donnait un genre de fille libérée, provocante. Qu'aurait-elle pu faire d'autre dans cette ville où il ne se passait jamais rien ? Plaire aux garçons était ce qu'elle avait trouvé de moins ennuyeux. Ce n'était pas difficile, en plus. Si elle avait été l'aînée, ou si elle avait eu un frère, sans doute que ça aurait été différent. Seulement voilà, elle était la cadette, la place de la meilleure était prise, et même son père, quand il revenait, semblait l'aimer moins qu'avant.

– Et vous, demanda-t-elle brusquement à Alice, vous avez toujours habité ici ?

– Non. Mais ça fait presque trente ans maintenant.

Alice avait passé son enfance et son adolescence à l'étranger au gré des postes de son père et n'était revenue en France que l'année de son bac. Elle avait rencontré son futur mari sur les bancs de la fac de droit, il était aussi arrimé à sa région qu'elle était sans attaches. Elle l'avait suivi. Les enfants étaient nés, ils avaient acheté la maison sur l'île. Pour la première fois, Alice s'était sentie enracinée quelque part. Un de ses ancêtres, amiral, s'était échoué là, au large des côtes, et son nom était gravé parmi ceux d'autres marins sur une pierre du cimetière. Lorsque son couple avait commencé à battre de l'aile, elle avait bien songé à retourner à Paris. Mais elle n'avait pas voulu imposer une rupture supplémentaire à ses enfants. Et puis elle avait déjà son propre cabinet, elle ne se voyait pas recommencer à travailler pour un patron.

– Vous veniez d'où ?

– De Paris.

– Vous ne pouvez pas savoir, alors, ce que c'est de s'ennuyer dans une petite ville.

C'est vrai qu'Alice n'avait pas vécu ça. Mais elle le connaissait bien cet ennui de l'adolescence, depuis qu'elle était dans le métier. C'était même une sacrée usine à clientèle.

Lisa lui dit tout à trac :
– J'étais devenue la salope du collège.
– Vous êtes victime, Lisa.
– C'est plus compliqué.
– Non. Ce n'est pas parce qu'on est une adolescente pleine de désirs que l'on doit se sentir fautive.
– Je sais bien. Mais ça explique beaucoup de choses qui se sont passées.

Alice leva son stylo. Les paroles d'une chanson de Bénabar lui revenaient en mémoire. « Pour beaucoup d'entre vous / Je suis la première fois / De celles qui comptent / Mais pas tant que ça. » Pourquoi fallait-il donc que les filles se sentent toujours coupables ?

L'éclat d'un rayon de soleil tomba sur le dossier ouvert sur son bureau.

– Vous avez dû voir souvent le nom de Mme Valette là-dedans, dit Lisa.
– Oui. Elle vous aimait beaucoup...
– Moi aussi. D'abord, elle était belle. Elle avait, je sais pas comment vous dire, quelque chose de pur. Son mari aussi. Il était très grand, c'était lui qui portait leur enfant contre son ventre quand je les croisais dans la rue. Ils se tenaient toujours par la main. Et surtout, elle était gaie. Je l'ai eue deux années de suite au collège. Elle n'était pas comme les autres profs, elle s'intéressait vraiment à nous. C'est même grâce à elle que je m'appelle Lisa. Un jour, elle nous avait demandé de raconter dans une rédaction ce qu'on aimerait changer dans notre vie. Moi, c'était simple, je voulais tout changer. La ville où j'étais

née, la maison où je vivais, ma mère, ma sœur et mon prénom, Laurine. En plus, on m'appelait Lolo, je détestais ça. Solène, au moins, c'était beau. En post-scriptum, j'avais écrit : « Appelez-moi Lisa, s'il vous plaît. » C'était mon deuxième prénom, celui de ma grand-mère préférée. J'ai eu une super note. Mme Valette a lu ma rédaction devant la classe. Et après, tout le monde s'est mis à raconter un truc sur son prénom. Moi, j'ai dit que c'était très sérieux, que je voulais vraiment en changer. Ma mère a fait la gueule, mon père et Solène s'en fichaient, j'ai tenu bon et j'ai gagné.

« L'autre prof que vous avez dû voir dans le dossier, M. Boehm, c'était un nouveau lui aussi, comme Mme Valette. Je l'avais en histoire. Il était maigre, un peu déplumé, il élevait jamais la voix. Il avait du mal à se faire respecter. Il était complètement perché, il se rendait compte de rien de ce qui se passait au fond de la classe. Vous voulez que je vous raconte ce qu'on faisait ?

– Si ça nous rapproche du dossier...

– Il nous passait des documentaires. La salle était dans le noir. On en profitait.

Lisa se souvenait de la première fois. C'était pendant un film sur la Deuxième Guerre mondiale. Elle était assise entre Seb et Jérémie. Seb avait pris sa main pour la coller sur son jean. Elle l'avait caressé un peu à travers le pantalon, il avait ouvert sa braguette, il bandait, elle l'avait masturbé. Jérémie regardait, il se marrait.

— Le pire pour moi, c'est quand j'ai vu la tête de François Boehm juste après. Il venait d'éteindre le projecteur, il était encore ému par le film, il en parlait avec passion. J'ai eu honte. Et pourtant, j'ai refait la même chose plusieurs fois. Les garçons ne me demandaient rien, ils prenaient ma main et c'est tout.

Les couplets de Bénabar roulaient en écho dans la tête d'Alice. « Je n'étais pas de celles / À qui l'on fait la cour / Moi j'étais de celles / Qui sont déjà d'accord. »

Lisa continuait de parler. Son visage changeait sans cesse. Il était comme ces paysages qui défilent à travers la vitre d'un train, tour à tour tourmentés et sereins, vastes et étrécis. Alice remarqua la fine cicatrice en flocon de neige que la varicelle avait laissée entre ses sourcils, juste à l'aplomb de l'arête du nez. Sa fille Louise avait la même. Une trace d'enfance, mais l'adolescence était gommée.

— J'étais amoureuse de Seb, il était gentil, c'est le premier qui m'a embrassée, mais dès qu'on trouvait un coin pour s'isoler tous les deux, Jérémie et Ryan rappliquaient. Vous savez, dans une ville comme la mienne, y en a pas tant que ça des endroits où les ados peuvent se retrouver, alors tout le monde les connaissait. Au début, ça me plaisait d'être la seule fille avec les garçons. Je voyais bien l'effet que je leur faisais. C'était à cause de mes seins. Ils avaient poussé d'un coup pendant l'été. J'en étais fière. J'étais en avance au moins pour ça, ni ma sœur ni ma mère n'en ont jamais eu de pareils. On écoutait de la musique, on fumait des cigarettes ou on roulait un joint, on discutait, je savais ce qu'ils attendaient, il y avait toujours un moment où je sentais que ça allait se passer. Je leur faisais ce qu'ils voulaient mais je les laissais toucher que le haut, jamais le bas. Je m'en sortais comme ça, je me disais que j'avais le pouvoir, que je savais plus de choses sur eux que eux sur moi. Comment ils bandaient, la forme et l'odeur de leur sexe. J'espère que je vous choque pas. Je sais pas pourquoi je vous raconte toutes ces bêtises. Peut-être parce que vous avez des seins, vous aussi...

D'un geste machinal, Alice ajusta l'échancrure de son chemisier.

– On s'est un peu trop éloignées de notre affaire. Mais on va s'arrêter là pour aujourd'hui.

– Dommage, j'ai encore plein de choses à vous raconter.

Sur le seuil de la porte, Lisa ajouta :

– Je suis vraiment contente que vous soyez mon avocate.

Alice venait de démarrer quand le prénom de sa mère s'afficha sur l'écran de son portable. Elle l'appelait de plus en plus souvent dans la journée, maintenant.

– Je ne te dérange pas, j'espère...

– Rien de grave ? Je suis un peu pressée. Je sors d'un rendez-vous au cabinet et je file à la maison d'arrêt.

– Ah. Et c'était quoi ce rendez-vous ?

– Une cliente bavarde, assez déroutante. Un peu plus jeune que Louise. Victime de viol.

– Encore un viol ! Ma pauvre chérie, je ne sais pas comment tu fais. Il n'y a plus que ça, maintenant. À mon époque, on en parlait moins. Je me demande si ce n'était pas mieux. Tu dois en avoir marre, non ? Moi, ça ne m'intéresse pas du tout, ces histoires !

Une fine bruine commençait à tomber. Le parking était plein, c'était jour de parloir pour les familles. Alice coupa le moteur et resta quelques minutes sans bouger, la clé de contact à la main. Autour d'elle, des enfants sautaient dans les flaques et se faisaient houspiller par leur mère. Des femmes voilées ployaient sous des cabas de supermarché remplis de linge. Une gamine aux cheveux nattés veillait sur le bébé emmitouflé qui hurlait dans sa poussette. Une grappe de jeunes gens encapuchonnés s'écartait au passage d'un frêle vieillard. Sous l'auvent de l'arrêt de bus, une fille trop fardée ajustait le décolleté de sa mini-robe rouge et troquait ses baskets contre des escarpins.

Elle s'approcha du portique.

Alice devait s'en tenir à l'essentiel, avec Lisa Charvet. Le temps passait, la date du procès approchait, son métier c'était avocate, pas médecin ni psychologue, même si parfois tout se confondait. On lui racontait tant de choses en tête-à-tête. Mais c'était ça, aussi, qui lui plaisait dans ce job, l'effraction qu'il offrait dans la vie des autres. Accusés ou victimes, ils étaient finalement à égalité de détresse quand ils venaient la voir.

Elle ne faisait pas partie de ces avocats qui, comme Théry, considèrent que le seul rôle noble est de défendre les accusés. Bien sûr que, de ce côté-là de la barre, on se sent plus utile quand on lutte contre les vents contraires et qu'il faut porter la voix de celui ou de celle que tout accable. Elle, ce qu'elle aimait par-dessus tout, c'était les parricides. Elle en avait eu quelques-uns dans sa carrière. Mais sa mère n'avait pas tort. Il y a moins de fils qui tuent leur père que d'affaires de viol.

Lisa avait bonne mine quand elle était entrée dans son bureau, un bouquet d'anémones à la main. Elle avait couru pour être à l'heure, elle était même arrivée avec un peu d'avance, ses joues étaient rougies. Alice l'observait tandis qu'elle disposait les fleurs, penchant la tête d'un côté, de l'autre, concentrée, soudain gracieuse, ajustant l'inclinaison d'une tige, reculant d'un pas, tournant le vase, le déplaçant de quelques centimètres sur le marbre de la cheminée. Elle vint enfin s'asseoir, bien droite dans le fauteuil.

– On va reprendre la chronologie, lui dit Alice.
– À partir d'où ?
– Du début.
– Vous savez, il n'y a pas tout dans le dossier.
– Il n'y a jamais tout dans un dossier, Lisa. Mais c'est hélas la seule chose qui compte, au procès. Les juges n'aiment pas ce qui déborde.

Alice avait souvent eu ce sentiment, elle en aurait pleuré certains jours, quand elle les voyait s'accrocher aux procès-verbaux, aux expertises en tout genre, comme les élèves consciencieux qu'ils avaient dû être pour arriver jusque-là, si solennels dans leur robe noire ou rouge. « Ce n'est pas dans le dossier, Maître ! » beuglaient-ils quand elle essayait en vain de leur faire lever la tête de leurs papiers. Comme si la vie pouvait tenir dans ces formules hermétiques, dans ces interrogatoires qui ne disent rien de l'accent, de l'hésitation, et qui lissent les êtres jusqu'à les confondre. Les juges n'étaient pas tous pareils, heureusement. Alice en connaissait certains qui aimaient le risque, qui le provoquaient même. Avec ceux-là, au moins, tout était possible, on ne savait pas ce qui allait sortir de l'audience, elle était presque une page blanche qu'ils écrivaient ensemble, et alors là, bon sang que c'était beau !

La voix de Lisa interrompit ses divagations.

– Mais vous, mon avocate, c'est important que vous sachiez tout.

Cette jeune femme lui paraissait plus déterminée que lors de leur précédent rendez-vous. Elle n'évoquait plus l'idée de ne pas assister à son procès.

– Il faut que je vous reparle des garçons.

– Lisa, venons-en à Marco Lange.

– Attendez. Je ne sais pas si c'est toujours comme ça, mais dans mon collège, la réputation allait vite. Je savais ce qui commençait à se dire sur moi, mais je faisais pas trop attention. On se lançait tous des vannes, c'était bête, mais pas forcément méchant. Sauf Ryan. Lui, je m'en méfiais. Il était arrivé en quatrième, après le divorce de ses parents. Il disait que son père était producteur de télé ou un truc comme ça, j'ai jamais su si c'était vrai, mais quand il revenait d'un week-end chez lui, il racontait plein d'histoires avec des gens connus, il avait vu Stromae, Fauve et même Orelsan en concert. Il frimait avec son casque Beats, son sweat Eleven, et il traitait les autres de blédards. J'avais dit à Seb que je le trouvais tordu. J'en avais marre qu'il le suive partout, je voulais qu'on se voie rien que tous les deux. Les trucs avec Jérémie et Ryan, c'était fini, je voulais plus. C'est là qu'il m'a dit, pour les vidéos. Ryan m'avait filmée avec son portable.

– Filmée ?

Alice secoua la tête. Que c'était moche et violent, le collège. Elle avait détesté cette période pour ses enfants. L'odeur lourde, âcre des salles de classe quand elle assistait aux réunions de parents juste après un cours. Elle se demandait comment les profs faisaient pour supporter ça. Encore maintenant, elle était frappée par la disgrâce qui émanait de ces adolescents, par ces corps et ces visages désaccordés.

– Vous avez su à quel moment, pour cette vidéo ?

– Juste avant l'affaire. J'ai complètement paniqué. J'en faisais des cauchemars, j'imaginais que tout le collège allait savoir, je pensais à mon père et à ma mère s'ils l'apprenaient. Et Mme Valette ! Je voulais tellement pas la décevoir ! J'ai commencé à aller vraiment mal. Je me faisais vomir, je maigrissais, je voulais tomber malade, un truc grave, n'importe quoi qui m'empêche d'aller en cours. Personne ne comprenait ce qui m'arrivait, mais à qui j'aurais pu en parler ? Même à mes copines Gwenn et Marion, je pouvais rien dire. Surtout Marion. On était amies depuis la maternelle, on s'était jamais quittées, mais elle était beaucoup plus sage que moi.

– Marion, celle qui a parlé à Pauline Valette ?

Alice voulait justement évoquer avec Lisa cette convocation dans la salle des profs un samedi matin. Elle avait envie d'en savoir plus. Elle comprenait l'inquiétude des enseignants, l'urgence dans laquelle ils s'étaient trouvés, leur volonté de bien faire pour aider leur élève. Mais pourquoi avaient-ils demandé à son amie d'y assister ?

– C'était affreux. Je m'y attendais pas. Déjà, j'avais jamais mis les pieds dans la salle des profs. Je suis entrée, j'ai vu Marion, j'ai tout de suite compris qu'elle avait parlé. Elle osait pas me regarder. Je l'ai détestée. Si vous saviez comme je l'ai détestée...

– Elle a très bien fait, votre amie Marion. Elle ne pouvait pas garder pour elle quelque chose d'aussi grave.

– Elle m'avait juré !

Lisa détourna le regard.

– En fait, j'étais coincée...

– Que voulez-vous dire ?

– Coincée. Coincée, vous comprenez ?

Elle avait presque crié.

– Que se serait-il passé si elle n'avait pas parlé ?

– Rien ! J'aurais rien dit. J'aurais pas dit que j'avais été violée. Jamais. Parce que... Parce que...

Elle s'était recroquevillée d'un seul coup, les poings serrés.

– Parce que c'est pas vrai ! Non. C'est pas vrai ! J'ai menti. J'ai menti pour me sortir de toute la merde dans laquelle j'étais...

– Lisa, regardez-moi.

– Non, non... C'est ça qui s'est passé ! Mais je savais pas, moi ! Comment j'aurais pu savoir ? Les profs, le principal, mes parents... Tout est allé si vite. J'ai pas pu... c'était trop tard, je pouvais plus revenir en arrière.

Elle murmura :

– Il fallait que ça sorte. J'en peux plus de tout ça, j'en peux plus...

Alice était accablée par ce qu'elle venait d'entendre. Si cette fille disait vrai, un homme était en prison depuis plus de trois ans à cause d'elle. Ce n'était pas possible. Des passages entiers du dossier défilèrent devant ses yeux. La déposition de Lisa, qui accusait Lange face aux gendarmes. Ce qu'elle avait répété devant la juge d'instruction. Les détails qu'elle avait donnés. Jusqu'à la cour d'assises, où Lange avait été condamné. Tout se brouillait dans sa tête. Elle revoyait la scène à laquelle elle avait assisté à côté de Théry, la jeune fille terrifiée à la barre, le hurlement de l'accusé quand le président l'avait fait expulser du box : « C'est à cause de cette petite salope que je suis en taule, moi ! »

Elle repensait aux mots de Théry, « le dossier ne tient pas à la colle ». Elle avait tiqué, elle aussi, en voyant que Lisa n'avait pas été confrontée à Lange pendant l'instruction. Mais jamais le moindre doute ne l'avait effleurée.

– Il faut m'aider, supplia Lisa.

Alice avait besoin de nager. Elle y verrait plus clair après. Elle sentait monter une sorte de colère ou de peur, peut-être les deux en même temps. Mais elle ne pouvait pas laisser sa cliente comme ça, en plan. Les deux bras repliés sur le bureau, la tête enfouie entre ses mains, Lisa tremblait.

– On va prendre le temps de réfléchir. Vous et moi. Vous habitez loin d'ici ?

Elle donna une adresse le long d'un boulevard qu'Alice connaissait pour l'emprunter chaque fois qu'elle prenait la direction de l'océan.

– Je vous raccompagne chez vous. Je vais chercher la voiture, je n'en ai pas pour longtemps, je préviens mon assistante que vous restez ici.

À son retour, Lisa était assise sur le canapé, les cheveux collés par les larmes. Elle buvait à petites gorgées le thé que Naïma lui avait apporté. D'un signe, celle-ci fit comprendre à Alice que la jeune fille s'était apaisée.

Elles roulèrent en silence jusqu'à son immeuble. Lisa ramassa son sac et se pencha à la portière.

– Vous allez faire quoi, maintenant ?
– D'abord marcher un peu. Et nager.
Elle écarquilla les yeux.
– Par ce froid ? Vous êtes folle !
– C'est ce que me dit ma fille.
– Elle a quel âge ?
– Trois ans de plus que vous.
– Dites, ça vous embête si je viens avec vous ? J'ai pas envie de rester seule.
– Montez.

Alice redémarra en direction de la nationale.
– Si vous vous baignez, je vous surveillerai. C'est pas le moment qu'il vous arrive quelque chose...

Ce fut la seule allusion à leur discussion. Elles longèrent la côte jusqu'à un port de pêche. Alice lui montra un chemin le long d'un escarpement rocheux. Elle connaissait une petite crique pas trop loin.

– Vous êtes prête à marcher jusque là-bas ?
– Bien sûr.

Après quelques brasses, elle se retourna. Lisa était assise dans une niche en surplomb. Alice ne parvenait pas à détacher les yeux de cette silhouette recroquevillée sous le vent. Mais pourquoi Lange ? Ses pensées se bousculaient, Ryan, la vidéo, Seb et les autres, Marion, les profs, les parents. Elle peinait à trouver son rythme dans l'eau. Tout ça n'avait aucun sens.

Ne t'emballe pas, se murmurait-elle. Si ça se trouve, ça ne veut rien dire. Elle a seulement eu un grand coup de panique.

Là-haut sur le rocher, Lisa s'était allumé une cigarette. Elle grelottait quand Alice la rejoignit.

– Vous faites ça souvent ?

– Chaque fois que je peux.

Alice se sentait déjà mieux. Elle n'avait plus de colère. L'écran du GPS indiquait vingt minutes de trajet, la radio diffusait un air de Chet Baker, Lisa ferma les yeux, puis elle s'assoupit pour de bon. Son visage roulait sur l'appuie-tête, abandonné, les lèvres entrouvertes. Elle avait l'air d'une enfant. Elle ne se réveilla qu'une fois arrivée au pied de chez elle. Alice se rangea sur le côté et coupa le moteur.

– Lisa, ce qui a été dit dans mon cabinet n'existe pas. Sauf si vous en décidez autrement.

Le lendemain, elle appelait pour prendre rendez-vous.

Lisa tira une lettre de sa poche, la posa sur le bureau.

– Tenez, c'est pour vous.

Alice déplia le feuillet manuscrit.

« Marco Lange est innocent. J'ai inventé une histoire parce que j'allais mal au collège. Je ne pensais pas à toutes les conséquences que ça aurait. Je suis prête à m'expliquer devant la justice. Je demande pardon à Marco Lange et à tous les autres. »

– J'ai voulu que ce soit écrit. Comme ça, c'est... je sais pas...

Elle cherchait ses mots.

– Plus solide.

Alice veillait à intervenir le moins possible. Elle repensait à l'histoire de la femme qui avait demandé à Jean de la dénoncer. Elle se souvenait d'une expression qu'il avait eue. « Je voulais entendre la musique qu'elle rendait. »

Elle faisait pareil avec Lisa, elle essayait d'entendre sa musique, ses mouvements lents ou saccadés, ses silences, sa note juste ou désaccordée.

– Un soir, je suis allée dormir chez Marion. Depuis que sa mère était tombée malade, c'est elle qui faisait tout à la maison. Ça la rendait plus sérieuse. J'avais l'impression que, depuis quelque temps, elle était distante avec moi. On avait éteint la lumière, on discutait tout bas sous la couette pour pas que sa mère nous entende. On parlait de tout et de rien, de nos séries préférées, des autres filles. À un moment, elle m'a dit qu'au collège on racontait des histoires sur moi. Elle m'a demandé si c'était vrai qu'avec les garçons je faisais des choses à plusieurs. Je peux pas vous expliquer, ça m'a fait comme une décharge électrique dans tout le corps. J'étais sûre que Ryan avait montré la vidéo. J'ai imaginé que bientôt tout le monde le saurait, qu'au collège on parlerait plus que de ça. J'ai vomi sur le plancher. J'avais l'impression de me vider de tout. Marion était affolée, elle ne comprenait pas ce qui m'arrivait. Je lui ai dit qu'elle m'avait fait très mal, qu'elle ne savait pas ce que je vivais, que c'était dégueulasse de raconter des choses pareilles. Et c'est sorti d'un coup, je lui ai raconté que j'avais été violée. On a passé le reste de la nuit à pleurer toutes les deux. Elle voulait savoir si c'était un garçon du collège, je lui ai dit que non. Elle n'osait pas me poser trop de questions, ça lui faisait peur. Alors moi, je me suis mise à parler, je pouvais plus m'arrêter. Je voulais qu'elle me plaigne. Oui, c'est ça, qu'elle me plaigne. Je lui ai dit que je ne pouvais me confier à personne d'autre qu'à elle parce que tout était de ma faute et que, si mes parents l'apprenaient, ils me le pardonneraient jamais. Je lui ai fait jurer de rien dire. Le lendemain matin, je me souvenais pas de tout ce que je lui avais raconté. Mais j'avais retrouvé l'amitié de Marion. Et à ce moment-là, c'était la seule chose qui comptait.

« Moi, je me détestais, pas pour ce que je lui avais dit, mais pour tout ce qui m'avait éloignée d'elle. Je voulais redevenir comme avant, pour que plus personne ne puisse dire que j'étais la salope du collège. Cette fille-là, c'était pas moi. Je voyais bien que Mme Valette se posait des questions. J'avais envie qu'elle aussi, elle me plaigne.

« Et là, il y a eu la réunion dans la salle des profs. Pauline Valette m'accompagnait. Quand on est arrivées, le prof d'histoire discutait avec Marion. Ils m'ont fait asseoir sur une sorte de petit canapé, à côté de la photocopieuse et de la machine à café. Mme Valette m'a dit qu'ils étaient là pour m'aider et que si quelque chose de grave m'était arrivé, je devais le dire. M. Boehm, je l'avais jamais vu comme ça, il était tout voûté à côté de moi. Mme Valette me tenait les mains, c'était incroyable comme les siennes étaient chaudes. Marion pleurait. Ils étaient tous tellement gentils. Je me sentais, comment dire, enveloppée. J'avais envie que ça dure. Je restais comme ça, sans bouger. Eux aussi se taisaient.

« Et puis, Mme Valette m'a demandé si quelqu'un m'avait fait du mal, si on m'avait forcée à faire quelque chose que je voulais pas, j'ai dit oui. C'était vrai, tout ça. Moi, la seule chose que je voulais, c'était arrêter cette vidéo. Mme Valette me serrait les mains de plus en plus fort. J'entendais Marion renifler juste à côté. Et c'est là qu'elle m'a demandé si ce que j'avais raconté à Marion était vrai. J'ai dit oui. Elle m'a posé la question. « Lisa, tu as été violée ? » J'ai encore dit oui.

Mais Lange ? Pourquoi avait-elle accusé Lange ?

– Tout s'est enchaîné. Ils voulaient savoir si c'était quelqu'un de ma famille, j'ai dit non, j'ai juste répété que c'était un adulte, que je savais rien de lui. Après, ma mère m'a posé plein de questions, elle me demandait où je l'avais rencontré, comment il était, quel âge il avait, si elle le connaissait, où ça s'était passé. Je savais pas quoi répondre. Alors pour m'en sortir, j'ai dit qu'il me menaçait et que je pouvais pas dire son nom. Même quand mes parents m'ont dit que Lange était chez les gendarmes, je pensais encore que tout allait s'arrêter.

« C'est mon père qui me l'a annoncé. À l'hôpital, le médecin m'avait donné des médicaments, j'avais l'impression de flotter dans du coton. Mon père avait annulé tous ses déplacements pour rester près de moi. Il s'est engueulé avec ma mère, il disait que j'avais besoin de calme. J'étais couchée dans mon lit. Je l'entendais monter l'escalier en faisant attention à ne pas faire craquer les marches, il passait juste la tête à la porte pour voir si je dormais. Dès que je l'appelais, il se précipitait pour savoir si j'avais besoin de quelque chose. Il me montait du chocolat chaud, il mettait trop de cacao au fond, mais c'était bon quand même parce que c'était lui qui l'avait fait, il ne partait que quand j'avais fini mon bol, il me caressait le front en répétant « ma petite Lisa, ma si petite Lisa ». C'était la première fois que je le voyais pleurer. Après, il est même venu avec son ordinateur dans ma chambre pour travailler, il s'est installé à mon bureau, qui était trop petit pour ses grandes jambes, il devait les changer de place tout le temps. Il essayait de faire le moins de bruit possible en tapant sur son clavier. Il se retournait, me souriait. On était tellement bien comme ça, tous les deux. C'était comme si toute ma peur s'était envolée. Même Solène a été gentille avec moi.

« Alors quand les gendarmes m'ont demandé si c'était Lange, j'ai confirmé. Lorsqu'il faisait les travaux à la maison, on se retrouvait souvent seuls. Je l'observais. Au début, je me souviens, j'avais pensé qu'il draguait ma mère. Ça va vous paraître idiot, mais à un moment, j'ai eu envie qu'il me regarde moi aussi, qu'il me trouve mieux qu'elle, mieux que Solène.

Après, il a commencé à me faire peur. Chaque fois que je le croisais dans la rue, il me fixait bizarrement. Il disait des trucs vulgaires. Je savais aussi qu'en ville on racontait qu'il buvait beaucoup, qu'il se bagarrait. Un jour, il m'a ramenée chez moi en voiture. J'avais menti à ma mère en lui disant que j'étais chez

Marion alors que j'étais allée à la base de loisirs avec les garçons. Il pleuvait, j'étais en retard, j'avais raté le dernier bus à la gare routière et je rentrais à pied, en sachant que j'allais me faire engueuler. Il m'a vue sur la route et m'a proposé de me raccompagner. J'ai eu l'impression, je sais pas pourquoi, qu'il savait des choses sur moi. Il m'a dit : « Tu sens le sexe. » Il faisait exprès de me frôler la cuisse quand il passait les vitesses. Il voyait bien que je paniquais, ça avait l'air de l'exciter. Et puis, je ne sais pas ce qui s'est passé dans sa tête, il n'a plus rien dit et m'a déposée devant chez moi.

Alice butait encore sur quelque chose. Lisa était sortie fumer une cigarette, elle attendait qu'elle revienne pour lui en parler. Il s'agissait de la lettre qu'elle avait écrite à la juge d'instruction pour lui demander de la recevoir, quelques mois après le début de l'affaire. Elle portait de nouvelles accusations contre Lange. Elle n'avait pas tout dit la première fois, expliquait-elle. Et c'est là qu'elle avait décrit une tentative de sodomie.

– C'est encore pire que ce que vous pouvez imaginer. Mais d'abord, il faut que je vous parle de la juge. Elle s'appelait Julie Delmont. La première fois que je l'ai vue, elle m'a déçue. Elle ressemblait à n'importe quelle femme que j'aurais pu croiser dans la rue ou au supermarché. Pour moi, une juge, c'était pas comme ça. Je me souviens qu'en entrant j'avais lu l'étiquette de son manteau, qui était accroché sur un cintre, ma mère en avait un de la même marque. Et puis, je crois qu'elle était tombée amoureuse de mon avocat, Laurentin. Elle l'écoutait, ils avaient toujours l'air d'accord. Je faisais tout pour disparaître pendant qu'ils parlaient de moi.

« Je craignais bien plus sa greffière, qui était plus vieille qu'elle. Elle était grosse, elle me faisait penser à l'infirmière du collège, Mme Chekri, que je détestais. Donc, la greffière était assise sur le côté, près de la fenêtre, à un bureau encore plus petit que celui de la juge. Elle me regardait de temps en temps par-dessus ses lunettes, elle semblait se méfier de moi. Depuis que tout ce que je disais était noté sur des procès-verbaux, je faisais attention. J'évitais le plus possible de faire de vraies phrases.

« La deuxième fois qu'on est venus, avec mon avocat, j'ai remarqué que la juge était bien coiffée. Laurentin lui a dit qu'elle était très élégante, elle a rougi. Lui, il devait mettre un temps fou à s'habiller. Tout était assorti, même ses chaussettes. Mais je me souviens surtout de ses mains, les miennes étaient tellement moches à côté, j'avais les ongles tout rongés.

« Alors, la lettre… Ça devait être en mai ou en juin. Laurentin avait appelé mes parents pour leur dire que Lange était sorti de prison. Ils étaient furieux, ils en voulaient à la justice de ne pas me protéger. L'avocat nous avait expliqué que c'était un autre juge qui avait décidé ça, que Lange avait l'interdiction de venir dans tout le département et que je n'avais rien à craindre. C'est tout l'inverse qui s'est passé. Je me suis dit que si ça se savait, on allait penser qu'il avait été relâché parce que j'avais menti. Vous vous rendez compte ? À ce moment-là, le pire que je pouvais imaginer, c'était qu'on me croie plus. Même moi, j'avais fini par me convaincre que tout ce que j'avais raconté était vrai. Je savais qu'au collège Ryan me traitait de mytho. Ça me rendait dingue. Et j'ai écrit à la juge pour lui demander de la voir.

— Mais vous n'avez pas pensé à Marco Lange ? À la confrontation avec lui ?

— Bien sûr que non. C'est venu après. Quand la juge m'a convoquée avec Maître Laurentin. Elle a dit que l'avocat de Lange exigeait cette confrontation et qu'elle ne pouvait pas la refuser. Il a répondu que c'était un piège, qu'ils allaient s'en servir pour faire pression sur moi et que je n'étais pas de taille à résister.

— Et à ce moment-là, qu'avez-vous fait ?

— J'ai arrêté de manger. On a même dû m'envoyer à l'hôpital. On me nourrissait avec une sonde que j'essayais d'arracher. Je ne pensais plus qu'à cette confrontation. Elle me hantait. Je rêvais qu'on venait me chercher dans ma chambre, qu'on m'emmenait de force face à lui et je me mettais à hurler. Les cauchemars ont continué quand je suis rentrée chez moi, je réveillais mes parents toutes les nuits. Je ne sais pas si vous pouvez comprendre. Cette confrontation, je la redoutais et je crois qu'en même temps je l'espérais. Elle faisait comme un mur à l'horizon. Un gros mur qui allait tout arrêter. Je me disais qu'après, je m'enfuirais. Ou que je me suiciderais. Je pensais à ça, dans le bureau de la juge, quand elle a parlé de la confrontation avec mon avocat. Ils m'ont demandé mon avis, j'ai dit que je préférais mourir.

« Je me souviens très bien de leurs regards. Ils se sont tournés en même temps vers moi, je me suis écrasée encore plus sur mon siège. La juge avait l'air ému, je ne sais pas si c'était pour moi ou pour mon avocat. Et c'est après qu'elle a écrit à l'avocat de Marco Lange que je n'étais pas en état de supporter.

Lisa désigna le feuillet manuscrit qu'elle avait posé sur le bureau en arrivant.

– Vous comprenez maintenant pourquoi j'ai écrit cette lettre ?

Alice s'efforçait de ne rien montrer de ses tourments. Ce n'était pas le moment de flancher.

– Lisa, vous devez d'abord parler à vos parents.

– C'est vous qui me dites ça ?

L'image du père congédié du cabinet se dressait entre elles.

– Ils doivent savoir. Maintenant. Tant que vous ne leur avez pas dit, je n'ai rien entendu.

– J'ai pensé à tout ça. Mais je le ferai après le procès.

– C'est impossible ! Ils vont témoigner.

Lisa s'était figée, le visage tourné vers la fenêtre.

– Ma mère me croira jamais. Mon père... Pfff... Mon père, je sais pas comment il va réagir. Il s'est barré, il nous a laissées tomber. Il n'a pensé qu'à lui. Je peux pas lui pardonner.

Les moments solennels ne sont jamais comme on les imagine. Une fille tout juste adulte jouait une part de sa vie en revenant sur les accusations qui valaient à un homme d'être emprisonné et Alice ne savait plus quoi lui dire. Elle n'avait qu'une envie : la voir prendre son sac à dos et partir. Tout s'emmêlait. Le sentiment d'urgence qu'elle éprouvait à l'idée qu'un homme avait été condamné à tort. L'exaltation de contribuer à réparer une erreur judiciaire. La crainte sourde de l'épreuve qui attendait Lisa. Saurait-elle la protéger de la tempête que sa lettre allait déclencher ? Tout était si ténu. Mais l'affaire était belle. Il n'y en avait pas tant, des comme ça, dans une vie d'avocate.

— Comment va ma petite Alice ? Encore en train d'attendrir les jurés sur un type qui a découpé sa femme en morceaux ?

Une quinte de toux interrompit la voix rocailleuse, assourdie, de Jean.

— Et toi ? Que lis-tu en ce moment ?

— *Résurrection*, de Tolstoï, c'est pour moi, non ?

Encore une quinte de toux.

— Qu'est-ce qui t'amène ?

Jean était la seule personne à qui Alice avait envie de confier ce qui lui arrivait. Elle lui expliqua toute l'histoire de Lisa. Elle ne savait pas ce qu'elle devait faire de cette lettre. L'envoyer au procureur général ? Prévenir Théry ? Les deux en même temps ? Ou demander à rencontrer la juge qui allait présider le procès ?

— Tu penses que c'est solide ? Qu'elle a vraiment menti ?

– Je crois... Enfin...

Alice soupira.

– Je ne sais plus, Jean.

– Tu le connais, l'avocat général ?

– Pas assez pour lui parler en confiance.

– Lui ou un autre, de toute façon, ils vont en avaler leurs breloques. Ta petite va en prendre plein la figure. Et toi aussi, Alice. Le procès est dans combien de temps ?

– Deux semaines.

Jean toussa à nouveau. Derrière lui, une cantate de Bach.

– Alors, ne bouge pas. Quinze jours, ça ne change pas grand-chose pour l'accusé. Et si tu préviens Théry, tel que je le connais, il va en faire des tonnes, alerter tout le monde. À ta place, je garderais la lettre jusqu'au procès. Attends de découvrir le type. De voir comment la gamine réagit. Elle peut encore te lâcher. Ne prends pas le risque... Je compte sur toi pour tout me raconter. Tu me promets ?

Alice promit. Elle était en larmes.

Elle rejoindrait son île dès le vendredi matin. Tant pis pour les dossiers qui s'entassaient sur son bureau. De toute façon, elle n'arrivait plus à rien. Elle dormait mal, elle était incapable de se concentrer sur autre chose. Et comme un fait exprès, les mauvaises nouvelles s'accumulaient. Un de ses clients la virait et lui demandait de transmettre son dossier à un confrère qu'elle détestait. « Salutations distinguées. PS : Je peux pas vous payer pour le moment. Sincèrement désolé. »

Un autre menaçait de régler ses comptes à « cet enculé de juge d'instruction ». Chrystel rêvait de raconter son histoire, « Maître, vous connaissez pas des gens à la télé pour m'aider ? ». La sœur de Gérard tenait un compte précis des visites d'Alice au parloir. Elle l'avait regardée avec un air de reproche en venant déposer ses gâteaux sucrés au cabinet.

– Si ça continue, Gérard, il va se pendre.

Elle avait ajouté, avec ses yeux battus :

– Oh ! Je sais bien qu'on n'est pas des gens importants.

Et Louise qui ne répondait pas à ses messages ! Alice composa son numéro.

– Mais qu'est-ce qu'il t'arrive, *Mum* ? T'appelles ta fille en pleine journée, maintenant ? Fais gaffe, tu te mets déjà à ressembler à ta mère !

Elle riait. Autour d'elle, Alice percevait des voix joyeuses, elle était au café avec des copains, c'était « trop bien ».

– Je voulais juste te prévenir que je pars sur l'île. J'ai besoin de calme. J'ai des dossiers compliqués à gérer en ce moment.

– Mais tu te souviens que t'as passé la maison à Romain ? Il a prévu d'y aller quelques jours avec Adèle, c'est son anniversaire.

– Ah ! Mais oui. Tant pis. J'arriverai avant eux et

je rentrerai un peu plus tôt. Et puis ça me fera plaisir de les voir, ça me changera les idées.

— OK, *Mum*, mais préviens-le quand même. Il doit se préparer à un séjour tranquille avec sa copine, pas avec sa mère !

Elle devait encore prendre des nouvelles de Lisa. Alice l'avait récupérée en miettes quelques jours après leur dernier rendez-vous. Lisa avait parlé avec son père. « Il m'a fait peur. Il ne disait rien. Il était comme gelé. Il disait que tout était de votre faute, qu'il allait appeler Laurentin. J'ai raccroché », avait-elle raconté.

Sa mère avait paradoxalement mieux réagi, à sa grande surprise.

« Au début, ça a été épouvantable. Elle me croyait pas. Elle disait que j'étais folle, que je devais aller consulter un médecin, que c'était la preuve que je m'en sortais pas. Puis elle a tout imaginé. Que j'étais menacée, que Lange me faisait chanter. Elle voulait alerter la police. C'est moi qui ai dû la consoler. Je suis restée avec elle toute la soirée et on a même dormi dans le même lit. Le lendemain, on a pu reparler calmement. C'était dur pour elle mais je crois qu'elle a compris. Elle est surtout inquiète pour tout ce qui va se passer au procès. Je l'ai rassurée, je lui ai dit que vous étiez super forte. En partant, elle a dit un truc qui m'a vraiment touchée. Qu'à mon âge, c'était plus facile de se relever d'un mensonge que d'un viol. »

Alice regrettait de ne pas y avoir pensé. Pourvu que sa mère ait raison, se dit-elle.

La vue de son phare et les yeux délavés de Léon au bout du quai, là, tout de suite, ça suffisait à son bonheur. Déjà, sur le bateau, Alice s'était sentie mieux. Elle avait salué quelques visages familiers avant de rejoindre sa place, toujours la même, sur le pont, près des bouées. Pendant une heure de traversée, elle avait offert son visage aux embruns, le vent et le sel collaient ses cheveux, elle ne devait ressembler à rien, elle s'en fichait. Elle jeta son sac sur l'épaule et marcha vers le hangar à vélos.

– Il faut que je t'engueule.

C'était toujours pareil avec Léon. Dès qu'il la voyait arriver, il bougonnait. C'était sa façon de lui dire qu'il l'aimait bien. Cette fois, c'était parce qu'elle avait mal attaché son vélo lors de son dernier séjour. Elle l'avait posé un peu n'importe comment, elle était arrivée juste à temps pour le dernier bateau. Léon se pencha en grimaçant pour abaisser la chaîne, son dos le faisait souffrir depuis plusieurs mois. Il refusait d'aller consulter le médecin, le « toubi » disait-il, et ne croyait qu'aux décoctions de plantes de sa mère. Il était un peu plus jeune qu'Alice, il travaillait depuis l'âge de seize ans. « Pas comme toi, l'avocate », soupirait-il.

Elle avait mis du temps à apprivoiser ce grand type taiseux qui était né ici et n'en était jamais parti. Il se méfiait des « chinchards » comme il appelait les résidents secondaires, mais il faisait une exception pour Alice, à cause de son ancêtre au cimetière.

– Alors, tu arrives encore de ta cour ?

Léon ne connaissait le monde d'Alice que par les films qu'il regardait à la télé. Pour lui, c'était un univers de « guignols en robe » qui tapaient trop sur les pauvres, pas assez sur les riches ni sur les immigrés. Mais il aimait qu'elle lui raconte ses histoires. Il passait à l'improviste chez elle, elle le faisait rire, c'était comme ça qu'elle l'avait amadoué.

– J'y retourne bientôt.
– Tu vas encore défendre un salaud ?
– Non. Une salope, cette fois.

Sous le regard ébahi de Léon, Alice enfourcha son vélo.

Elle fit le tour de la maison pour s'assurer que tout allait bien. Le vent avait descellé quelques pierres du muret, elle les replaça, prit la clé accrochée à un clou dans l'embrasure de la fenêtre. Sa voisine avait déposé des œufs et des salades de son jardin, elle passerait la remercier. Mais d'abord, elle irait nager.

La mer était froide, le ciel gris sombre. Alice se concentrait sur son souffle. Elle s'émerveillait chaque fois de sa capacité à le dompter. Elle sentait la caresse des algues sur ses cuisses. Maintenant, son corps était complètement détendu. Elle décida de rallonger le parcours.

Je vais défendre la petite salope. Elle pourrait commencer sa plaidoirie comme ça. Elle se voyait déjà debout, face à la cour, plantant ses yeux dans ceux des jurés. Elle irait les chercher un à un pour les ramener vers elle.

C'est fou, se dit-elle. Elle s'était instinctivement placée au banc de la défense, en pensant à Lisa. Mais ce sera ça. Lisa sera l'accusée du procès.

Le ciel virait à l'orage lorsqu'elle regagna la plage. Un peu plus loin sur la lande, un couple rebroussait chemin. La femme était toute menue dans son ciré jaune. L'homme s'était penché vers elle, l'avait prise dans ses bras et la faisait tournoyer. Alice les dépassa, ils riaient aux éclats. Elle les envia.

Il lui restait vingt-quatre heures avant l'arrivée de Romain et de sa copine. Elle devait se mettre au travail sans attendre. Elle enfila un gros pull, remplit d'eau la bouilloire et prit une plaque de chocolat dans l'armoire. Elle fut contrariée en voyant que le feu n'avait pas été préparé dans la cheminée. C'était la consigne, pourtant, de disposer le petit bois et les bûches pour que celui qui arrive n'ait qu'à craquer une allumette. Les enfants auraient tout de même pu y penser lors de leur dernier séjour, c'était le seul détail auquel elle tenait.

Elle commença à remplir un tableau sur son écran. Une date, une cote du dossier, un épisode de l'affaire. Elle avait décidé de reprendre pas à pas toute la chronologie. Pas d'impressions, pas de sentiment, de la méthode. C'était le seul moyen de mettre la pression à distance. Elle devait être horlogère. Connaître chaque pièce, comprendre comment elles avaient été assemblées, inspecter chaque denture de barillet, chaque mouvement de l'oscillateur, chercher le moment où le mécanisme s'était grippé, où le balancier s'était affolé et avait entraîné les aiguilles dans leur course folle.

Deux feuilles du dossier étaient collées. L'une était une photocopie de la photo de classe de Lisa cette année-là. Elle ne l'avait encore pas vue. L'enfance qui s'attardait sur certains visages. D'autres, déjà submergés d'hormones. Lisa était debout, au dernier rang, au milieu de garçons aux cheveux gras et au sourire crâne. Son regard semblait défier l'objectif. Sur le côté se tenait une grande blonde au corps délié, à l'allure juvénile, vêtue d'une veste claire et d'un jean. Alice était sûre que c'était Pauline Valette. Laquelle était Marion, sur la photo ? Cette brunette assise au premier rang, les jambes serrées et repliées sous la chaise, avec un air si sage ? Sa voisine aux paupières closes, qui avait raté l'instant où le photographe avait déclenché l'appareil ? Cette autre fille, dont la frange cachait les yeux ? Celle-là, au deuxième rang, avec ses bras tout raides le long du corps ?

Son regard erra sur l'étagère de la bibliothèque où étaient alignés les albums de famille. Alice les avait apportés dans la maison de l'île quand Romain et Louise avaient quitté le nid. Leurs retrouvailles avaient lieu plus souvent ici, maintenant. De sa place, elle pouvait voir les dates inscrites sur la tranche des albums. Les années d'adolescence défilaient plus vite que les autres. Elle n'avait pas éprouvé le même bonheur à les mitrailler, avec leurs peaux bourgeonnantes et leurs sourires bagués.

Elle repensa à la photo de Marco Lange. À quoi ressemblait-il aujourd'hui ? Il devait avoir ce teint de pierre des détenus. Elle l'imaginait en train de fumer devant la télé, à côté d'un type aussi abîmé que lui, isolé dans le quartier des « pointeurs », le nom qu'on donne en prison aux violeurs. Il s'en était fallu de si peu pour que sa vie bascule.

Alice se souvenait de cette affaire qui avait fait trembler l'institution judiciaire. Une quinzaine d'adultes que des enfants accusaient de les avoir violés. Certains avaient été poursuivis, d'autres pas. À l'audience, le dossier s'était effondré. Alice assistait au procès quand l'un de ceux que le juge d'instruction avait laissés tranquilles avait été cité à la barre des témoins. L'avocat d'un des accusés lui avait demandé :

– Comment fait-on pour prouver son innocence quand on est accusé de viol par un mineur ?

Le témoin avait écarté les bras en signe d'impuissance.

– C'est tout ?
– C'est tout.

Ah ! Elle aurait su le défendre, Marco Lange !

Mais sa cliente était Lisa. C'était pour elle qu'elle allait devoir se battre. Elle reprit sa chronologie. Trois petits coups contre la vitre la firent sursauter. Elle sourit en voyant Léon de dos, les bras croisés, feignant de regarder au loin.

– Entre.
– Je te dérange pas ?
– Jamais. Je te fais un café. Tu veux encore m'engueuler sur quoi ?
– Nan, je voulais te demander, tu as su pour la baleine ?

Bien sûr qu'elle avait su. Tout le monde en parlait, sur l'île, de cette baleine échouée.

– Si tu veux, je t'apporterai des os.

Léon reprenait déjà son air rogue.

– Et aussi, ton muret, là, ça va pas du tout.
– J'ai pas les sous en ce moment, pour le muret.
– Ça gagne pas, à la cour ?

Quel drôle de type il faisait. Il cachait toujours sa gentillesse comme s'il se protégeait. Personne ne connaissait l'île mieux que lui. La première fois qu'Alice lui avait parlé de son ancêtre naufragé, elle s'était aperçue qu'il en savait plus qu'elle. C'était pareil pour tous ceux qui étaient au cimetière. Léon pouvait citer de mémoire les dates, les circonstances, le nom de chaque bateau.

Alice apporta dehors deux tasses de café fumant. Le soleil avait réapparu, elle tira le banc devant la fenêtre. Léon restait debout. Il chassa d'un revers de main deux goélands qui se battaient autour d'une tranche de pain noir.

– Dis, c'est quoi ton histoire de salope ?

C'était donc pour ça qu'il avait fait le détour jusque chez elle en quittant le port.

– L'histoire d'une fille qui a eu des seins plus tôt que les autres...

Le visage de Léon s'éclaira d'un sourire. Il lui manquait des dents.

– C'est pas de sa faute, alors.

Alice ne parvenait pas à trouver le sommeil. Elle avait laissé la fenêtre entrouverte, le vent sifflait, le faisceau du phare balayait sa chambre d'une lueur laiteuse. Elle n'aurait pas dû parler de Lisa au dîner. Sa fille avait raison, il fallait toujours qu'elle la ramène.

Tout avait bien commencé, pourtant. Quand Romain et Adèle étaient apparus au bout du chemin, leur chambre dans le cabanon était prête, la table dressée, un gratin de pommes de terre achevait de dorer, le feu crépitait dans la cheminée. C'était une de ces soirées sur l'île où l'on se dit que partout ailleurs il fait déjà nuit, alors qu'ici, on voit encore presque comme en plein jour. Alice était sûre qu'elle allait les captiver avec l'histoire de Lisa. Lorsqu'elle se retrouvait au milieu des copains de ses enfants et qu'ils sentaient leur mère en verve, il y en avait souvent un des deux qui prévenait : « Nous, on est habitués, il ne faut pas s'inquiéter. Depuis tout petits, on la voit rentrer furieuse parce que le client qu'elle défend a pris trop cher. Et quand on lui demande ce qu'il a fait, elle dit : "Il a tué son père à coups de marteau mais il est vraiment attachant." »

Alice avait toujours aimé ça, retrouver sur des visages adultes le regard suspendu des tout-petits auxquels on raconte une histoire dans leur lit. Sauf que les siennes étaient vraies. Pour Lisa, elle s'était emballée. Elle leur avait parlé d'erreur judiciaire, de « crime social », elle avait dressé un portrait accablant des professeurs, de la juge, de Laurentin, de leurs certitudes si convenables, si bien-pensantes, et un autre de Lisa, de son cheminement douloureux, et du courage qu'il lui avait fallu pour s'arracher à son rôle de victime. Au début, Romain la relançait, demandait des précisions, puis il s'était tu, gêné par le visage fermé de son amie, à côté de lui. Adèle s'était levée très vite pour débarrasser la table, elle faisait cogner les assiettes, l'une d'entre elles s'était fêlée. Elle ne s'était même pas excusée et était sortie fumer une cigarette.

À son retour, Romain faisait la vaisselle, Alice était assise à sa place favorite, au pied de la cheminée. Elle avait disposé un plateau sur la malle qui faisait office de table, choisi le bol préféré de Romain, celui de son enfance, le blanc à liseré bleu avec son prénom peint en noir dessus, et une oreille cassée. Pour Adèle, elle avait sorti de son écrin une précieuse céramique japonaise. Ils n'auraient qu'à piocher leur sachet de thé ou d'infusion dans la boîte en fer-blanc, il y en avait pour tous les goûts, Alice ne connaissait pas encore assez ceux d'Adèle. Elle avait remis une bûche dans le foyer et se préparait à prolonger la soirée.

Elle avait encore envie de parler de Lisa, surtout à une fille à peine plus âgée qu'elle. Si Louise avait été là, sûr qu'elle l'aurait assaillie de questions. Adèle feuilletait un livre. Pour relancer la conversation, Alice avait dit qu'elle trouvait cette affaire passionnante.

– Elle pose beaucoup de questions sur l'époque...

Oui, avait-elle insisté, on était forcé de s'interroger sur ce qui avait permis à une jeune fille d'être crue si facilement, par autant d'adultes.

Adèle lui avait lancé un regard soupçonneux.

– Ah ! Parce que c'était mieux avant, quand on ne les croyait pas ? Eh bien moi, je préfère cette époque, où on croit les filles et les femmes qui dénoncent les viols qu'elles subissent. On ne ment pas sur une affaire aussi grave. C'est impossible. Elle n'aurait jamais accusé un homme pour rien. Les femmes battues aussi retirent leurs plaintes. Et pourtant, elles sont victimes.

– Impossible ? Pourquoi ce serait impossible ? Comment peux-tu affirmer une chose pareille ? Tu vois, j'ai trente ans de métier. Et permets-moi de te dire que, s'il y a bien une chose que je sais, une seule, c'est qu'il faut se méfier de ses certitudes.

Alice s'était enflammée. Elle avait pris ce ton impérieux, grandiloquent, qui la faisait souvent rappeler à l'ordre par ses amis : « Hé ! Reste avec nous, t'es pas aux assises, là ! »

Adèle la fixait durement.

– Si cette fille a menti, alors c'est pire. Justement parce qu'elle a eu la chance d'être crue. Contrairement à tant d'autres. Elle ferait mieux de se taire. C'est pas le moment.

Mais pourquoi diable Alice ne s'était-elle pas tue, au lieu de répliquer :

– Parce que tu crois qu'il y a un *moment* pour la vérité ?

– La vérité ? Quelle vérité ? Oui, elle ferait mieux de se taire ! Parce que les femmes osent enfin prendre la parole partout dans le monde pour dénoncer les comportements des hommes. Parce qu'elles n'ont plus peur. Et tant pis si ça ne plaît pas à tout le monde. Tant pis pour ceux qui en ont profité si longtemps. C'est elles qu'il faut soutenir ! Pas cette paumée qui...

Romain avait coupé court.

– Viens, on va se balader, avait-il dit en prenant Adèle par la main.

Il s'était retourné vers Alice et l'avait crucifiée du regard. Elle n'en revenait pas. Son fils ! Son fils, qui n'avait pas bronché pour la soutenir, qui se carapatait comme un lâche pour ne pas contrarier son amoureuse ! Lui qui se vantait d'avoir une mère moins conformiste que les autres et qui faisait le fier quand il amenait ses copains au palais, pour l'écouter plaider.

Elle aurait dû se méfier. Romain lui avait déjà glissé une fois qu'Adèle trouvait choquant qu'elle accepte de défendre des violeurs. Les défendre tous, même les salauds, surtout les salauds, Alice avait grandi avec ces préceptes-là. Et ça ne valait plus rien aux yeux d'une Adèle qui n'avait que le mot « sororité » à la bouche mais osait traiter de conne une fille plus jeune qu'elle au prétexte qu'elle allait nuire à la parole des femmes ! C'était ça, être féministe, aujourd'hui ? Mais qu'est-ce qu'il en pensait, Romain ? Est-ce qu'il se blottissait, penaud et coupable, dans un coin du lit, quand Adèle avait ses règles, en essayant d'avoir aussi mal au ventre qu'elle ?

Alice se sentait soudain très seule. Et surtout vieille. Elle avait hérité de la pilule et de la liberté que d'autres avaient conquises. Et elle se retrouvait accusée par des filles d'à peine vingt-cinq ans de s'en être contentée. De ne pas s'être battue pour faire avancer la cause des femmes. Elle était de la génération d'entre-deux, coincée entre l'intransigeance d'une Adèle, ou parfois celle de sa fille Louise, et l'insupportable légèreté d'une mère coquette et parfumée qui soupirait : « Mais qu'est-ce qui leur prend à ces femmes de partir en guerre contre les hommes ? Moi, ça me déplaisait pas quand on me sifflait dans la rue. »

Encore aujourd'hui, elle souffrait du petit air navré avec lequel sa mère lui disait : « Fais attention à ton allure, ma fille, tu te négliges. Tu n'es pas assez féminine. Tu devrais porter plus souvent des robes. Et des talons hauts. Tu sais, ça cambre et allonge les jambes. Les tiennes ont toujours été un peu trop courtes sous le genou. »

Elle s'était fâchée souvent avec elle sur le sujet. Alice lui jetait à la figure qu'elle en avait assez bavé comme ça, à élever seule les enfants tout en menant une carrière difficile. Qu'elle avait dû supporter pendant des années le machisme de ses confrères et leurs blagues lourdes. Combien de fois les avait-elle entendus dire, en plaisantant : « Ta plaidoirie avait l'air formidable, mais vois-tu, c'est dommage, du fond de la salle, on ne l'entendait pas. Vous, les femmes, il vous manquera toujours l'organe. » Ça avait duré comme ça jusqu'à ce qu'on installe des micros dans les salles d'audience. Les premiers temps, les confrères se faisaient une fierté d'écarter le leur – « Je n'en ai pas besoin », bramaient-ils –, et les avocates, elles, se sentaient un peu minables de devoir les utiliser. Mais au moins leur voix portait sans forcer, sans monter dans les aigus et, insensiblement, l'art de plaider s'en était trouvé modifié. Maintenant, c'étaient les vieux ténors qui paraissaient grotesques avec leurs déclamations d'acteurs et leur fureur sur commande.

Alice avait gagné sa place, c'était sa fierté. Si les autres continuaient de se lamenter sur leur sort de collaboratrices invisibles du patron alors qu'elles faisaient tout le boulot à sa place, tant pis pour elles.

Elles n'avaient qu'à prendre des risques, comme elle en avait pris. Elles n'étaient pas nombreuses, il y a vingt ans, à oser ouvrir leur propre cabinet. Il était là, son féminisme ! Pouvait-elle au moins admettre ça, Adèle ? Qu'il ait fallu des Alice pour forcer les portes ? Que grâce à des femmes comme elle, plus personne ne peut dire que les avocates ont moins de talent que leurs confrères masculins ? Merde, ce n'était pas rien !

Alice ne s'était endormie qu'aux petites heures du matin. Au réveil, ses draps étaient trempés de sueur, elle avait le teint brouillé. La vue de son flacon de gel aux hormones sur la tablette de la salle de bains acheva de la déprimer. Elle le jeta rageusement au fond de sa trousse de toilette. Son sac serait vite prêt, le prochain bateau ne partait que dans deux heures, elle avait le temps de se préparer un bon petit déjeuner. Appuyée contre le mur, le visage au soleil, Alice essayait de s'apaiser. Elle chassa Lisa de ses pensées et dénombra mentalement les dossiers qui l'attendaient sur son bureau. Elle devait rendre visite à Gérard pour pouvoir affronter sans mauvaise conscience le regard de sa sœur. Faire le siège du greffe pour obtenir enfin la copie d'un dossier dans lequel, au moins, elle était sûre d'être très bien payée. Déposer des demandes de remise en liberté pour deux gosses de cité qu'elle suivait depuis sept ans. Voilà des gamins pour lesquels ça valait vraiment le coup de se battre.

Elles s'étaient donné rendez-vous dans un café près du palais de justice. Lorsque Lisa était entrée, Alice avait éprouvé une vague contrariété. Ses yeux étaient soigneusement maquillés, ses ongles vernis, elle était jolie, presque trop. Combien de fois avait-elle déjà dû dire à ses clients d'oublier leur blouson floqué Gucci ou leurs baskets Balenciaga lorsqu'ils s'apprêtaient à soutenir que « Sincèrement, je vous jure, M'sieur le juge, le trafic de stups j'y ai jamais touché » ?

Tout compte, dans ces moments-là. Il faut être ni trop, ni pas assez, éviter les couleurs vives, l'ostentatoire, enfin tout ce qui vous distingue de la norme judiciaire. Alice devait cet apprentissage à Théry, d'ailleurs. Il l'avait envoyée un jour accompagner une cliente dans un magasin de vêtements pour l'aider à choisir sa tenue avant l'audience. Elle était accusée d'avoir incité son amant à tuer son mari et débarquait au cabinet dans des tenues toujours plus affriolantes.

« Tu me trouves de l'anthracite, du gris perle, rien d'autre, tu as compris ! Et des talons juste ce qu'il faut. »

La cliente était arrivée à l'audience quasi métamorphosée en dame patronnesse. Cela n'avait hélas pas suffi à effacer l'impression désastreuse qu'elle produisait dès qu'elle ouvrait la bouche, mais Alice avait retenu le conseil.

Elle n'avait pas pensé à en donner à Lisa la veille, lors de leur dernier rendez-vous. Que lui aurait-elle dit ? Qu'elle devait paraître en pénitente, le front baissé et le regard implorant ? Après tout, elle avait raison. Elle avait vingt ans, elle allait se montrer aux juges telle qu'elle était devenue, une jeune femme normale, pas une malade, pas une petite chose honteuse. Depuis qu'elle la connaissait, elle avait le sentiment, en la regardant, d'assister à une éclosion. Comme si Lisa se désincarcérait. Elle aussi, d'une certaine manière, avait été emprisonnée pendant toutes ces années.

Alice ne lui avait rien dit de sa discussion avec Laurentin. Naïma avait essayé de faire barrage plusieurs fois, mais il avait tellement insisté qu'elle avait cédé. Sa voix était d'une courtoisie glaçante. Il était au courant, pour la lettre. Il s'étonnait que sa « chère consœur » n'ait pas pris la peine de le joindre. Elle s'était bêtement excusée, elle avait « évidemment » prévu de le faire mais les événements s'étaient précipités et...

— Il me semble en effet que tout est un peu... précipité, comme vous dites, avait-il répliqué.

Elle avait aussitôt regretté de s'être montrée aimable. Laurentin employait les mêmes mots que le père de Lisa, elle était « fragile », « vulnérable ». Il avait ajouté « suggestible ». Le sang d'Alice n'avait fait qu'un tour. Elle s'était sentie injuriée.

— Je suis d'accord avec vous sur ce dernier point. Il n'a sans doute pas été suffisamment pris en compte pendant l'instruction.

— Que voulez-vous dire ?

— Que Lisa était plus *suggestible* et *influençable* à quinze ans qu'elle ne l'est aujourd'hui.

Elle lui avait raconté a minima la façon dont Lisa s'était sentie piégée par les adultes, ses professeurs, ses parents, les gendarmes. Et par la juge d'instruction, avait-elle ajouté.

— C'est une femme très bien, très humaine, cette juge.

— Elle n'a jamais confronté Lisa à Lange.

— Vous ne savez rien de l'état dans lequel elle était à l'époque. Croyez-moi, j'ai une longue expérience des victimes. J'en ai vu peu qui étaient aussi désespérées que Lisa. Quant à ses parents, vous devinez combien ils sont éprouvés. Ils ont porté leur fille à bout de bras et c'est à eux qu'elle a fait payer sa souffrance. Et maintenant, cette lettre... Je m'interroge. Je ne vous cache pas que, pour moi, c'est un nouveau signe de détresse. J'imagine que vous vous interrogez aussi. Enfin, je l'espère...

Mais de quel droit ce type osait-il lui parler comme à une débutante ? Il s'en était posé, lui, des questions, avant de faire condamner un type à dix ans de prison ?

Alice avait attendu que Lisa termine son café pour donner le signal du départ. L'air était doux, les arbres bourgeonnaient, sur la passerelle un homme chantait à tue-tête un air d'opérette.
– Êtes-vous bien sûre de votre décision ?
Lisa acquiesça d'un signe de tête.
– Je veux l'entendre.
– Oui, je suis sûre.
Sa voix était claire, presque légère.
– On ne pourra pas revenir en arrière.
– Je sais.

À l'entrée du palais, il y avait plus de monde qu'à l'accoutumée. On jugeait depuis la veille en correctionnelle une affaire de règlements de comptes entre bandes, avec une douzaine de prévenus. Les forces de sécurité appelées en renfort étaient tendues. Au passage du portique, Alice fut hélée par Lavoine.
– Dommage que vous ne soyez pas dans ce dossier. Il vous plairait. Il y a eu de la castagne, hier, à l'audience !
Elle avait lu son article dans le journal, tôt ce matin. La présence d'un fameux avocat pénaliste sur les bancs de la défense grisait le journaliste.

– J'y retourne, c'est un vrai spectacle. Et vous, vous venez pour quoi aujourd'hui ?

– Oh ! Pas grand-chose. Un petit dossier en appel.

Dans la salle des assises, seule la greffière était à son poste, affairée derrière son ordinateur. Alice alla la saluer, elle leva à peine les yeux sur Lisa. Les jurés commençaient à arriver, par petits groupes. C'était la troisième affaire de la session, ils se comportaient presque en habitués, échangeaient entre voisins de banc, papotaient avec l'huissier. Bénédicte Charvet entra la première, retenant d'une main contre son cou un châle beige qui accentuait sa pâleur. Une amie l'accompagnait, qui s'écarta lorsque Alice se leva pour les accueillir. La mère de Lisa garda longuement sa main dans la sienne. Laurent Charvet apparut quelques minutes plus tard. Il se contenta de la saluer de loin. Son ex-épouse fit mine de s'affairer dans son sac à main lorsqu'il vint s'asseoir près d'elle.

Alice sentait que le couple l'observait pendant qu'elle discutait dans le prétoire avec Théry.

– Ça va, Keridreux ?

– Et toi ?

– Je suis fatigué. En plus, j'ai un genou qui me fait mal. Il faut que je me fasse opérer. Mais on va d'abord expédier notre petite affaire.

Il ajouta, un ton plus bas :

– Je crois que mon client va bouger. J'ai senti ça quand je lui ai parlé. J'y suis allé doucement mais...

Tu sais, il est méconnaissable. Il a dû prendre dix kilos depuis la dernière fois, ils le bourrent de médicaments. Il va me faciliter la tâche.

De gêne, Alice détourna le regard.

La greffière leur fit signe que la présidente souhaitait les voir. Ils arrivèrent dans son bureau en même temps que l'avocat général. Ni Théry ni Alice ne connaissaient cette présidente qui venait d'arriver dans la juridiction. Sans les quelques fils d'argent qui parsemaient ses cheveux coupés court, on aurait eu du mal à croire qu'elle avait dépassé la quarantaine. Maud Vigier était menue, presque frêle, vêtue avec simplicité. Son visage, qui ne portait pas trace de maquillage, était assez ordinaire mais devenait gracieux dès qu'elle souriait. Alice avait glané quelques renseignements sur elle. Avant d'être nommée aux assises, elle avait été dix ans à l'instruction en banlieue parisienne, où elle passait pour une juge coriace et bosseuse. Les avocats qui avaient eu affaire à elle en parlaient avec respect, même lorsqu'ils n'avaient pas obtenu gain de cause. C'était rare et plutôt bon signe.

Elle leur indiqua le programme d'audience qu'elle avait prévu, quelques rares témoins manquaient à l'appel, elle lirait leur déposition.

– Mais ceux que vous avez fait citer, Maître, ont tous répondu à leur convocation, ajouta-t-elle en se tournant vers Alice. Ils seront entendus avant l'interrogatoire de l'accusé.

– C'est qui ? lui demanda Théry quand ils regagnèrent la salle d'audience.
– Trois garçons qui étaient au collège avec Lisa. Ils n'ont pas été convoqués au premier procès.
– Bien. Débrouille-toi quand même pour ne pas trop rallonger les débats. On a mieux à faire, toi et moi.

Un cliquetis de menottes. Marco Lange fut projeté dans la lumière. Était-ce bien lui, cet homme hagard à la silhouette lourde, au regard éteint, qui frottait machinalement ses poignets là où les bracelets avaient laissé leur empreinte ? Alice pressa la main de Lisa sous le pupitre.

La sonnerie annonça l'entrée de la cour. Vêtue de sa robe rouge, Maud Vigier n'était plus la même. Elle était devenue sa fonction. Tout ou presque, désormais, allait reposer sur elle. Le ton, le rythme, l'atmosphère de l'audience. Depuis qu'Alice était dans le métier, la règle s'était toujours vérifiée. La qualité d'un procès dépend d'abord de celui ou celle qui le préside. Les autres peuvent avoir tout le talent du monde, ils ne sont jamais que des seconds rôles.

Elle avait la liste des jurés sous les yeux, avec leurs nom, prénom, date et lieu de naissance, profession quand il y en avait une. Elle ne serait que spectatrice lors du tirage au sort, seules la défense et l'accusation ont le pouvoir de récuser. Théry avait déjà dû souligner les numéros de ceux qu'il ne voulait pas voir monter à la tribune, surtout les femmes. On se méfie toujours des femmes jurées dans les affaires de viol, quand on est en défense. Les palais ont beau être remplis d'histoires de jurés que l'on regrette après coup d'avoir choisis ou écartés, à chaque procès, ça recommence. On biffe, on élit, et l'on jouit de cette étincelle de pouvoir. Certains récusent davantage les jeunes, d'autres au contraire écartent les gens âgés. Alice n'avait jamais oublié la leçon d'un vieux président de cour d'assises. « Si vous saviez, Maître, ce qu'on entend dans la salle des délibérés ! Le gros costaud que l'on imaginait bien répressif vous confie en larmes que, comme l'accusé, il a été un enfant abandonné. Et la jurée sympa sur laquelle la défense comptait tant pour sauver son client se révèle la plus dure de tous parce que sa fille, sa sœur ou sa meilleure amie a vécu la même chose que la plaignante. Rien de tout ça n'est écrit sur la liste ! »

Le premier juré dont le numéro fut tiré était employé de banque, la cinquantaine. Les deux suivants étaient aussi des hommes, commerçant et artisan. Théry les laissa passer devant lui sans réagir. Il fit de même avec une dame à cheveux gris, retraitée de l'Éducation nationale. À l'appel de la jurée numéro cinq, une auxiliaire de vie de vingt-huit ans, il sembla hésiter et se radoucit aussitôt en voyant la fille solide qui s'avançait. Les six et sept étaient à nouveau des hommes, agent territorial, cadre commercial. La présidente plongea une nouvelle fois sa main dans l'urne. Une très jeune femme se détacha du deuxième rang et marcha d'un pas résolu vers la cour.

– Récusée ! tonna Théry.

Elle s'immobilisa, incrédule, au milieu du prétoire.

– Vous êtes récusée par la défense, Mademoiselle, lui dit la présidente.

Alice réprima un sourire. Théry connaissait-il une Adèle, lui aussi ? Du même ton brusque, il écarta l'élégante quadragénaire, cadre supérieure, qui s'était levée à son tour. En rejoignant son banc, elle lança des regards offensés autour d'elle. La jurée suivante était encore une femme. Sans profession, soixante-trois ans, indiquait la liste. Théry la fixa par-dessus ses lunettes, tandis qu'elle s'approchait, tout encombrée de son sac et de son manteau. En passant devant l'avocat de la défense, elle baissa instinctivement la tête, dans l'attente d'un couperet qui ne tomba pas. Le dernier juré qui monta à la tribune était chauffeur routier. Théry adressa un clin d'œil à Alice.

C'était le moment.

Dans les affaires de viol, si la plaignante demande le huis clos, personne ne peut s'y opposer. Laurentin l'avait évidemment sollicité cette fois-là pour Lisa. Alice lui avait dit que la décision lui appartenait.

« Quelle qu'elle soit, je vous suivrai. »

Elle n'avait guère de doute. Quelle jeune femme accepterait de livrer son intimité dans de telles conditions au regard de la presse et du public ? Elle se pencha à l'oreille de Lisa.

– Que dois-je faire ?

Lisa connaissait sa réponse depuis plusieurs jours. Elle l'avait gardée pour elle, elle voulait l'éprouver jusqu'au dernier instant. Une fois assise à sa place, elle avait flanché. Mais lorsqu'elle avait vu Lange entrer dans le box, elle n'avait plus hésité. Elle le lui devait.

– Ne demandez rien, murmura-t-elle.

Alice laissa passer quelques secondes. La présidente, l'avocat général, la greffière, Théry, tous l'observaient et guettaient sa parole.

– Nous ne sollicitons pas le huis clos.

Le même effroi figea les visages de Laurent et Bénédicte Charvet.

– Bien. Les débats sont donc ouverts. Je vais présenter mon rapport. J'indique à Mesdames et Messieurs les jurés qu'il s'agit d'un résumé de l'enquête et des charges retenues contre l'accusé, dit la présidente. Je vous incite à prendre des notes.

Pendant la lecture, Alice observait les six hommes et les trois femmes qui venaient de prêter le serment « de n'écouter ni la haine ou la méchanceté, ni la crainte ou l'affection », et de se décider suivant leur conscience et leur intime conviction. Ils découvraient que, cinq ans plus tôt, Lisa avait affirmé que l'homme du box lui avait imposé des fellations et qu'il avait tenté de la sodomiser. Que les experts psychiatres avaient jugé sa parole crédible, son récit « authentique », « dénué de toute tendance à l'affabulation ou à la mythomanie ». Que d'autres experts avaient relevé chez Lange une « faible capacité d'abstraction », « une vulnérabilité narcissique et des carences affectives remontant à l'enfance sur fond de libido frustrée et insatisfaite », une « structure déviante au niveau relationnel et sexuel », avec « alternance de périodes dépressives atypiques », et qu'ils s'étaient montrés réservés sur son « évolution quelque peu perverse, dont la dangerosité ne saurait être exclue ». Ils apprenaient qu'une autre cour, composée d'autres jurés citoyens comme eux, l'avait déclaré coupable et condamné à dix ans de réclusion criminelle. Maud Vigier appela le premier témoin. Lange ne sortait pas de sa torpeur.

Le gendarme avait retiré son képi, il lui en restait une ligne sur le front et à l'arrière du crâne. Il déroulait consciencieusement son enquête, en consultant de temps à autre ses notes pour vérifier une date. Dépôt de plainte des parents Charvet, garde à vue de Lange, déposition de Lisa, auditions d'une ribambelle de témoins. Il était de la vieille école, celle qui place le nom de famille avant le prénom et qui parle dans cette langue étrangère, mécanique, du procès-verbal. Une gangue d'expressions qui vous transforme n'importe quel drame humain en objet inanimé. « Avisons l'individu Lange Marco », « L'entendons sans désemparer », « Nous transportons sur les lieux », « Procédons à la fouille de son véhicule, de marque Peugeot, modèle 207, immatriculé... »,

« En présence d'un personnel féminin, entendons la mineure Charvet Lisa qui nous confirme que... » En vingt minutes, c'était plié. La présidente lui demanda des précisions sur l'audition de Lisa, lui fit répéter exactement ce qu'elle avait déclaré sur les viols dont elle accusait Lange, les circonstances, les dates et les lieux qu'elle avait indiqués.

– Des questions, Maître ? demanda-t-elle à Alice.
– Pas de questions, Madame la présidente.

L'avocat général en posa quelques-unes, pour la forme. Le gendarme reprit son képi et quitta la barre en faisant claquer bien fort sa main contre sa cuisse.

– Faites entrer le témoin suivant.

Pauline Valette correspondait exactement à l'image que s'en était faite Alice. Grande, mince, l'allure sportive, les cheveux noués à la va-vite. Une de ces femmes sur lesquelles le temps n'a pas prise, ou alors c'est le métier qui fait ça, à force de vivre au milieu d'adolescents gorgés de sève. En s'approchant de la barre, elle chercha Lisa du regard et lui adressa un sourire.

Elle n'était pas de ces témoins intimidés qui n'aspirent qu'à rendre une parole dont ils ne savent que faire. Elle avait beaucoup de choses à dire sur Lisa, cette élève à laquelle elle s'était attachée et qu'elle avait vue s'assombrir, se replier sur elle-même. Elle racontait l'inquiétude, « le mauvais pressentiment » disait-elle, qui l'avait gagnée face au mal-être de l'adolescente.

– En tant que professeure, j'ai toujours considéré qu'il était de mon devoir d'être attentive aux signaux de détresse manifestés par les élèves. Il est vite devenu évident pour moi que Lisa était victime d'abus sexuels. Je ne pouvais pas rester sans rien faire.

Le devoir, l'évidence, la conviction. Et la confirmation de tout cela, un samedi matin, dans la salle des professeurs. Pauline Valette reprenait ce qu'elle avait déclaré sur procès-verbal mais aux mots qu'Alice connaissait déjà s'ajoutaient le ton, l'émotion, la bonne foi de l'enseignante, son regard si franc.

Elle en avait beaucoup parlé à l'époque avec son collègue François Boehm, disait-elle.

– C'était le seul qui partageait mon désarroi.

Sa voix tremblait d'indignation en évoquant l'indifférence qu'ils avaient rencontrée auprès de certains enseignants.

– Il y avait une sorte de conflit de générations au collège. La plupart des professeurs étaient là depuis très longtemps. L'un d'eux nous a même dit que cela ne nous regardait pas, que notre métier était d'enseigner, pas de prendre en charge les problèmes psychologiques des élèves, qu'il y avait des spécialistes pour cela. Je les trouvais, comment dire... décalés.

Elle avait rencontré « la même distance », disait-elle, chez le principal.

– Lorsque j'ai évoqué le cas de Lisa au conseil de classe, M. Fayolle m'a répondu qu'il faisait toute confiance à l'infirmière scolaire, «très expérimentée», et qu'il partageait son sentiment. Lisa, disait-il, cherchait surtout à attirer l'attention sur elle, en simulant des malaises. C'est exactement le mot qu'il a employé. C'était insupportable d'entendre ça !

Heureusement, ajoutait-elle, qu'elle avait eu le soutien de son mari.

— Il est éducateur sportif et très engagé auprès des jeunes. Nous en discutions souvent, tous les deux.

Alice se souvenait du couple amoureux que lui avait décrit Lisa. Ce bonheur tranquille flottait encore autour de la professeure, aussi dense et rassurant que sa certitude d'avoir fait le juste et le bien. Toute à sa déposition de témoin dans ce lieu solennel de la cour d'assises, le regard rivé à celui, indéchiffrable, de la présidente, Pauline Valette semblait revivre, intacte, l'émotion de cette première expérience si marquante de sa vie professionnelle.

Alice se tourna vers Lisa. D'un hochement de tête, elle lui fit comprendre que ça allait. À la barre, Pauline Valette poursuivait sa déposition.

— Quand son amie Marion m'a confié le secret de Lisa, j'ai aussitôt prévenu François Boehm. Il y avait urgence à agir. Nous avons pris l'initiative de les convoquer toutes les deux dès le lendemain. Et c'est là que Lisa nous a avoué les viols qu'elle avait subis. Elle confirmait tout ce que, hélas, nous redoutions.

Faute de questions, la présidente la remercia pour son témoignage. Pauline Valette était manifestement déçue de ne pas retenir davantage l'attention. Juste avant qu'elle ne quitte la barre, Alice se leva.

– Madame la présidente, je souhaiterais que le témoin reste à disposition de la cour. Nous pourrions avoir d'autres questions à lui poser, plus tard.

Maud Vigier marqua un temps d'hésitation.

– Je me permets d'insister, Madame la présidente.

– Très bien. Vous ne pouvez pas assister à la suite des débats, madame. Monsieur l'huissier va vous reconduire en salle des témoins.

Théry dévisageait Alice sans comprendre.

Tout recommença avec François Boehm. Alice se rappelait une expression de Lisa. « Il était perché. » Elle fut frappée par la pâleur de son visage. À la présidente qui lui demandait de décliner sa profession, il répondit :

– Pour le moment, je suis sans profession.

– Vous n'êtes plus enseignant ?

– Je suis en disponibilité de l'Éducation nationale.

– Vous avez décidé de changer de métier ?

François Boehm sourit.

– Disons plutôt... de vocation.

Il faisait son noviciat.

Il jura à son tour de dire « la vérité, rien que la vérité », puis fit le même récit que Pauline Valette. Les jurés l'écoutaient avec attention. N'allaient-ils pas en vouloir encore davantage à Lisa, se demandait

Alice ? Non seulement elle avait envoyé un homme en prison mais elle avait abusé de la confiance de celui qui leur parlait d'elle avec tant de compassion. De ces deux tromperies, laquelle serait la plus grave à leurs yeux ? Alice renouvela sa demande et François Boehm fut reconduit en salle des témoins.

Luc Fayolle, l'ancien principal du collège, portait un costume fané sur un pull à col en V et une chemise du même ton indistinct que sa veste. Alice guettait toujours avec gourmandise cet instant où un nouveau témoin apparaissait. Quelques secondes à peine, qui devaient paraître l'éternité à celui qui s'approchait de la barre, dans ce silence d'attente et de curiosité mêlées. Le parquet qui craquait sous leurs pieds, la lumière vive de la salle d'audience qui les cueillait au sortir de la pièce aveugle dans laquelle ils avaient patienté, parfois pendant des heures. À leur façon de marcher, de regarder autour d'eux, de déposer leur manteau ou leur sac, à l'intonation de leur voix, ils en disaient déjà beaucoup.

Luc Fayolle, par exemple, avait prononcé ce mot – « retraité » – avec une sorte de mélancolie triste. À peine avait-il commencé sa déposition qu'il s'excusait déjà d'avoir émis des réserves à propos de Lisa.

– Je n'ai pas été assez attentif à ce que me disaient ses deux professeurs, Mme Valette et M. Boehm. J'avais la responsabilité de tout le collège. Comme l'établissement était réputé tranquille, le rectorat nous adressait régulièrement des enseignants qui débutaient. Leur intégration n'était pas toujours simple. J'ai cru à l'époque que ces jeunes collègues faisaient preuve d'une...

Luc Fayolle hésita sur le mot.

– ... d'une trop grande sensibilité...

Ses yeux s'embuèrent.

– Je me suis dit, après coup, que c'était moi qui en manquais. On me l'a beaucoup reproché au premier procès...

Il reprenait la chronologie, tentait de se justifier.

– Mes relations avec eux étaient tendues. Je me suis sans doute buté, c'était idiot.

Il s'en voulait encore d'avoir désapprouvé l'initiative de Pauline Valette et François Boehm.

– Je considérais qu'ils auraient dû m'informer avant de la convoquer. Mais dès que j'ai appris ce que Lisa Charvet leur avait confié, j'ai fait le nécessaire.

Au collège Paul-Éluard, l'affaire était encore dans tous les esprits quand Luc Fayolle avait pris sa retraite.

– Je suis parti sur ce regret, disait-il.

– Maître, souhaitez-vous aussi que ce témoin reste à disposition de la cour ?

– Oui, Madame la présidente.

Alice était si tendue que sa nuque lui faisait mal. Elle évitait les regards perplexes de l'avocat général et de Théry.

– Je m'appelle Sébastien Faivre, j'ai vingt et un ans. Je suis cariste.

Il vivait « depuis un an en concubinage », précisa-t-il.

Voilà donc à quoi ressemble le premier amour adolescent de Lisa, songeait Alice. À ce type épais, qui restait planté face à la cour en mâchant un chewing-gum.

Maud Vigier laissa passer quelques secondes.

– On va vous donner un mouchoir pour cracher votre chewing-gum, monsieur. Et puis, comme ça, vous en profiterez pour sortir les mains de vos poches...

Le juré employé de banque et sa voisine auxiliaire de vie échangèrent une moue amusée. Sébastien Faivre ne savait plus comment se tenir. Il se balançait d'un pied sur l'autre, croisait et décroisait les bras et finit par les laisser retomber le long de son corps.

L'enquête n'était pas allée bien loin, avec les garçons. Seuls Sébastien et Jérémie avaient été entendus. Alice ne comprenait pas pourquoi Ryan y avait échappé. Ils s'étaient montrés peu bavards, ils avaient juste dit qu'il leur arrivait de « traîner » avec Lisa, « sans plus ». Marco Lange était déjà mis en examen pour viol, le gendarme était sûr qu'il tenait le coupable, il n'avait pas insisté.

La présidente donna la parole à Alice pour interroger en premier le témoin. Elle se leva et vint se placer juste devant lui.

– Vous savez pourquoi vous êtes là ?
– Pas vraiment. On m'a interrogé une fois, mais c'était il y a longtemps.
– Vous l'aimiez bien, Lisa ?
– Bah oui. C'était une fille sympa.
– Elle, en tout cas, je crois qu'elle vous aimait beaucoup, à l'époque.
– Sans doute.
– Et elle faisait ce que vous lui demandiez de faire...

Il s'était raidi.

– Lui demander quoi ?
– Vous devez vous en souvenir, monsieur...
– On sortait ensemble, c'est tout. Comme n'importe qui à cet âge-là...
– Vous étiez seuls, tous les deux ?
– Oui. Enfin, pas toujours. On était une bande, on traînait avec les copains.
– Et les copains, ils faisaient quoi ? Ils regardaient ailleurs ?

– J'sais pas. On était la même bande...
– Et toute la bande profitait de Lisa, c'est ça ?
– Elle était d'accord, bredouilla-t-il.
– Non !

Lisa avait crié si fort que la salle s'était pétrifiée. Sébastien Faivre frottait ses mains contre ses cuisses.

– Vous avez entendu ?
– Je vois pas pourquoi elle dit ça maintenant...
– Vous lui demandiez son avis ?
– Vous savez, les filles, au collège, elles étaient moins... plus cool qu'aujourd'hui...
– Que voulez-vous dire par là ?
– Ben que c'était plus facile...
– « Plus facile », répéta Alice. C'est votre dernier mot ?

Elle retourna s'asseoir à côté de Lisa en attendant l'arrivée de Jérémie Cazes. Il était intérimaire, célibataire. Il portait un tee-shirt à l'effigie d'un groupe de rock metal, ses deux bras étaient tatoués jusqu'aux épaules. Il se tenait solidement campé à la barre, jambes écartées.

– Au collège, j'avais un an de retard, je jouais un peu au caïd.

Se souvenait-il de Lisa Charvet ? lui demanda Alice.

– Oui. On se marrait bien. Elle était toujours fourrée avec nous.
– Et vous faisiez quoi avec elle ?

– On se baladait. On allait au parc, à la base de loisirs.

– C'est tout ?

– On faisait ce que tout le monde fait à cet âge. Rien de méchant. Vous savez, à l'époque, nous les garçons, on avait une bite dans la tête...

Marco Lange avait ri. Une sorte de gloussement que son micro resté ouvert avait amplifié. La présidente l'avait fusillé du regard.

– Ça vous amuse, monsieur Lange ?

Théry avait bondi.

– Mon client a tous les droits. Celui de parler. Celui de se taire. Et, oui, aussi, celui de rire. Il n'a pas souvent ri ces dernières années.

Jérémie Cazes était tellement grossier qu'Alice avait abandonné. Elle réservait sa colère pour Ryan. Le beau, le brillant, l'impeccable, le redoutable Ryan Ernold. Celui qui avait humilié Lisa par son regard glacé quand elle s'était agenouillée près de lui pour lui faire la même chose qu'aux deux autres, et qui lui avait volé ce qu'elle avait de plus fragile à ce moment-là, le respect et la considération pour elle-même. « Étudiant », s'était-il présenté.

– Étudiant en quoi ?

Il donna le nom prétentieux d'une école de commerce.

– Vous vous souvenez du jeu du bandeau ?

– Euh. Non, je ne vois pas.

La voix d'Alice était devenue dure, tranchante.

– Vous êtes sûr ?

– J'avais quinze ans... C'est loin, tout cela. J'ai oublié.

– Vous avez de la chance d'avoir oublié. Je vais vous le rappeler.

Lisa avait raconté à Alice ce mercredi après-midi où ils s'étaient retrouvés dans la chambre de Sébastien. Les garçons lui avaient proposé ce « jeu du bandeau » qu'ils avaient dû voir dans les films porno dont ils se gavaient. Elle avait protesté, ils s'étaient moqués d'elle, Sébastien lui avait dit que c'était juste pour s'amuser, elle avait fini par se laisser faire. C'était ce jour-là, avait-elle appris, que Ryan l'avait filmée.

– Ça ne s'est passé qu'une fois...

– Qui tenait le téléphone portable ?

– Je ne sais plus... peut-être que c'était moi.

– Oui, monsieur, c'était vous. Vous qui filmiez Lisa. Vous qui avez ensuite montré la vidéo à vos deux inséparables camarades. Ah ! vous avez sans doute beaucoup ri tous les trois ! Que c'était drôle de tenir la réputation d'une fille au bout de votre pouce. Il suffisait d'un clic et tout le collège saurait. Et dites-moi, qu'avez-vous fait de cette vidéo quand vous avez su que Lisa racontait qu'elle avait été violée ?

– Je crois que je l'ai effacée.

– Vous croyez ou vous êtes sûr ?

Sa voix était si agressive que la présidente la rappela à l'ordre.

– Maître ! Monsieur n'est que témoin.

Alice renouvela sa question.
– Qu'avez-vous fait de cette vidéo ?
– Je l'ai effacée.
– Bien. Je vous souhaite de faire une belle carrière, monsieur.

Ryan Ernold quitta la barre en marchant si vite qu'il manqua de se cogner contre un banc. Une grande tache de sueur auréolait sa belle chemise blanche. Lisa était vengée. Mais le plus dur était à venir.

Maud Vigier venait de se tourner vers le box.
– Levez-vous, monsieur Lange.
Alice jaillit de son banc.
– Je vous demande d'entendre d'abord ma cliente.
– Dois-je vous rappeler que c'est moi qui conduis l'audience, Maître Keridreux ? répliqua sèchement la présidente.
– Ce que Lisa Charvet a à dire ne peut pas attendre. Vous le comprendrez en lisant cette lettre.

Alice s'avança au pied de la tribune et tendit à l'huissier trois exemplaires du mot manuscrit de Lisa. Un pour la cour, un pour l'avocat général et un pour Théry. Le silence était de plomb. Alice serrait les doigts à s'en faire craquer les jointures.
– En effet..., souffla la présidente.
Elle s'éclaircit la voix.
– Mesdames et Messieurs de la cour, je dois vous donner lecture de cette lettre.

Les mots de Lisa résonnèrent dans la salle d'audience.

« Marco Lange est innocent. J'ai inventé une histoire parce que j'allais mal au collège. Je ne pensais pas à toutes les conséquences que ça aurait. Je suis prête à m'expliquer devant la justice. Je demande pardon à Marco Lange et à tous ceux qui m'ont crue. »

Alice avait fait ajouter à Lisa ce « qui m'ont crue ». Elle voulait protéger sa mère qui, la première, avait accusé Lange.

Les jurés s'étaient statufiés, leurs regards effarés roulaient d'un côté à l'autre du prétoire. Théry tenait toujours la lettre à la main. Derrière lui, Lange resta quelques secondes figé, la bouche entrouverte. Il se redressa d'un coup, frappa le bois du box et se mit à crier :

– Je l'ai toujours dit ! Je l'ai jamais violée, cette fille.

D'un même mouvement, les deux gardes se tendirent.

– Sortez-moi de là !

– Monsieur Lange, je vous demande de rester calme. Vous allez avoir la parole. Mais je dois d'abord interroger Lisa Charvet.

Le sang-froid de Maud Vigier impressionna Alice.

– Mademoiselle Charvet, approchez-vous. Est-ce bien vous qui avez écrit cette lettre ?

– Oui.

– Seule ?

– Oui.

– Vous n'en avez parlé avec personne ?
– Seulement avec mon avocate. Et, après, avec mes parents.
– Confirmez-vous ce que vous avez écrit ?
– Oui.
– Vous auriez donc accusé à tort Marco Lange ?

Alice nota l'emploi du conditionnel. Lisa l'avait entendu, elle aussi. Sa voix faiblit.

– C'est... c'est tout un enchaînement. Je vais essayer de vous expliquer. Il faut me croire, je dis la vérité aujourd'hui.
– Nous verrons ça plus longuement. L'audience est suspendue. Elle reprendra dans une demi-heure.

L'avocat général se leva, furieux. Tourné vers le box, Théry avait posé une main sur l'épaule de son client et lui parlait à voix basse, le visage collé au sien. Peu à peu, Lange parut s'apaiser. Il l'écoutait en hochant la tête. Théry s'écarta et fit signe aux gardes qu'ils pouvaient l'emmener.

La salle s'était vidée. Lisa était entourée de ses parents. Alice décida de les laisser un moment seuls tous les trois. Elle sortit, Théry l'attendait devant la porte, ils marchèrent jusqu'à la machine à café.

– Depuis quand tu savais ? Pourquoi tu ne m'as pas prévenu ? C'est déloyal.

Alice le foudroya du regard.

– Je n'ai pas de leçon à recevoir. De personne.

Ils se tenaient face à face, aussi raides et farouches l'un que l'autre.

– Dis plutôt que tu es soulagé ! Elle est sacrément courageuse, ma cliente !

– Courageuse ? De quoi ? D'avoir envoyé en taule un type qui ne lui a rien fait ? Il est où le courage ? Je t'avais dit que ce dossier ne tenait pas. J'ai toujours été sûr de l'innocence de Lange.

Alice secoua la tête. Quelle mauvaise foi ! Non... Un avocat, tout simplement.

– Ah ! Je peux te dire qu'ils vont m'entendre ! Je vais tout balancer. La «parole sacrée qui sort de la bouche des femmes et des enfants», et tout le bouzin. Les victimes si pures qu'on est le dernier des salauds quand on ose les contredire. Et la justice qui se prosterne devant elles, tellement elle a la trouille de ne pas aller dans le sens du vent. Tu sais ce qui me plaît, en plus ? C'est que ce soit toi, Keridreux, qui me donnes l'occasion de dire tout ça...

La déposition de Lisa se passait mal. La jeune femme qui faisait face à la cour et aux jurés n'était pas celle qu'Alice connaissait. Dans le huis clos de son cabinet, elle s'était épanchée, confiante. Mais là, dans cette salle trop grande, à la lumière trop vive, qui s'était chargée de tant d'hostilité, ses forces l'abandonnaient. La voix de Maud Vigier était dure, tranchante.

– Vous avez confirmé à plusieurs reprises que Marco Lange vous avait violée. Vous avez donné des détails, vous avez même écrit une lettre à la juge d'instruction pour en ajouter d'autres. Et devant d'autres magistrats, d'autres jurés comme ceux qui m'entourent, vous avez répété la même chose. Ils vous ont crue et l'ont condamné. Et vous avez encore attendu ce moment pour faire de nouvelles déclarations. Expliquez-vous.

Alice ne s'attendait pas à un accueil aussi glacial.

Elle en voulait à la présidente de sa façon de prendre les jurés à témoin et de les serrer autour d'elle. Maud Vigier pensait-elle, elle aussi, qu'une menteuse dans une affaire de viol, ce n'était vraiment pas le moment ?

Le grincement de la porte attira le regard d'Alice vers le fond de la salle. C'était Lavoine, tout échevelé, qui se faufilait à sa place, son ordinateur déjà ouvert à la main. Théry avait évidemment dû lui envoyer un message pour lui dire de rappliquer en urgence aux assises.

Lisa répétait qu'elle était désolée, qu'elle s'excusait, pour Lange. Mais les phrases mouraient les unes après les autres sur ses lèvres. Son regard trahissait autant le désarroi que la rage d'exprimer si peu ou si mal ce qu'elle avait prévu de dire.

– Je préfère que vous me posiez des questions, murmura-t-elle.

Peu à peu, Lisa reprit alors confiance. Elle raconta comment elle s'était sentie piégée d'abord dans la salle des profs, puis après, avec tous ces adultes penchés sur elle.

– Je n'avais pas besoin de les convaincre. Ils l'étaient déjà.

Elle glissa, pile au bon moment, cette phrase qu'elles avaient travaillée ensemble, au cabinet :

– Bien sûr que mon mensonge me faisait souffrir. Plus je mentais et plus je souffrais. Mais plus je souffrais et plus on me croyait.

– Jusque-là, mademoiselle, on peut entendre. Mais pourquoi avez-vous accusé Marco Lange ?

– La seule chose qui comptait, pour moi, c'était qu'on ne puisse pas soupçonner des garçons du collège.

La présidente renouvela sa question.

– Cela ne suffit pas à expliquer pourquoi vous avez désigné Marco Lange.

Lisa perdit pied. Elle ne voulait pas accabler sa mère.

Elle expliqua que Lange s'était mal comporté avec elle, qu'il lui faisait peur.

– Est-ce qu'il vous fait encore peur aujourd'hui ?

Elle fit non de la tête.

– Vous êtes sûre ?

– Oui.

Alice prit son tour de questions. Elle voulait à tout prix revenir à ses relations avec les garçons.

– Étiez-vous consentante ?

– Je... J'osais pas dire non. Je voulais que ça s'arrête.

– Aviez-vous peur d'eux ?

– Quand j'ai su que Ryan m'avait filmée, oui, j'ai eu peur.

Alice plantait un à un les jalons de sa plaidoirie. Elle savait que le moment le plus périlleux serait d'expliquer pourquoi Lisa avait aggravé ses accusations en écrivant à la juge. Elle lui fit répéter ce qu'elle lui avait raconté dans son cabinet, la remise en liberté de Lange, sa panique.

– Ne cherchiez-vous pas à provoquer une confrontation ?

– Peut-être, murmura Lisa.

Alice insista.

– En fait, vous l'espériez, n'est-ce pas ?

– Au fond de moi, oui.

– La cour le sait déjà, mais je précise pour Mesdames et Messieurs les jurés que cette confrontation n'a jamais eu lieu.

Alice prit une grande bouffée d'air.

– Lisa, je vais vous poser une question difficile. Vous avez menti et vous avez expliqué pourquoi. Mais les jurés sont en droit de se demander si, en plus d'avoir été menteuse, vous avez été manipulatrice. Vous étiez vierge. L'expertise était déjà au dossier. Est-ce pour cela que vous avez accusé Marco Lange de tentative de sodomie ?

Alice connaissait la réponse. Lorsqu'elle lui avait posé cette question dans son bureau, Lisa avait répondu tout à trac :

– Parce que les garçons parlaient plus de ça que du reste.

Elle le redit devant la cour.

L'avocat général se leva à son tour pour l'interroger.

– Quand et pourquoi faudrait-il vous croire, mademoiselle ?

Lisa avait haussé les épaules.

– Vous pouvez penser ce que vous voulez de moi...

Alice vola à son secours.

– Pourquoi devrait-on douter davantage d'une jeune fille qui se rétracte que d'une jeune fille qui accuse, Monsieur l'avocat général ?

À la barre, Lisa se montrait maintenant agacée, presque insolente. Elle était lasse de devoir répondre encore et encore aux mêmes questions. Alice observait les jurés. Le commerçant quinquagénaire au visage rond, qu'elle avait surnommé Pignol parce qu'il ressemblait à son quincaillier, fixait Lisa avec dureté. *Corriger l'insolence*, nota-t-elle dans son carnet.

Le temps d'une courte suspension, Lisa vint se rasseoir à côté d'Alice.

– Ils me détestent tous, murmura-t-elle. On dirait que je les dérange.

Théry frétillait déjà en attendant son tour de parole.

– Depuis le premier jour de cette affaire, je me bats pour faire reconnaître l'innocence de mon client. Mais j'ai été le seul, pendant cinq ans, à proclamer cette vérité que vous reconnaissez enfin ! Il vous a fallu beaucoup de temps, mademoiselle Charvet. L'homme que j'ai l'honneur de défendre a passé mille cent quatre-vingt-quinze jours derrière les barreaux. Mille cent quatre-vingt-quinze jours pour rien. Je vous sais gré d'une seule chose. Vous avez accepté que cette audience se déroule publiquement. Il eût été dommage, en effet, qu'une affaire aussi exemplaire de naufrage judiciaire fût jugée à huis clos. Ah ! Bien sûr, cela ne plaît pas à tout le monde, ici. La justice a horreur qu'on mette son nez dans ses sales petites affaires ! N'est-ce pas, Monsieur l'avocat général ?

– Maître, vous plaiderez plus tard, l'interrompit la présidente. Quelles sont vos questions ?

– Je n'ai pas de questions. Mais mon client souhaiterait dire quelque chose.

La voix pâteuse de Lange résonna dans le micro. Il s'embrouilla dans ses déclarations, mais il en ressortait qu'il en voulait davantage à la justice qu'à son accusatrice. Du Théry tout craché. L'avocat général leva les yeux au ciel, la présidente ne cilla pas. Mais les jurés semblèrent impressionnés par son indulgence. Le pardon que lui avait demandé Lisa était tellement moins fort à côté !

– Monsieur l'huissier, pouvez-vous aller chercher Mme Pauline Valette ?

Elle entra. Que l'instant était cruel ! Tous savaient ce qui l'attendait. Tous, sauf elle. Elle ne perçut ni le sourire carnassier qui naissait sur le visage de Théry ni la sévérité qui figeait le regard de la jurée retraitée de l'Éducation nationale. Alice en eut mal pour elle.

– La cour doit vous réentendre, madame, car la plaignante est revenue sur ses accusations.

Pour la deuxième fois, les mots de Lisa résonnaient dans la salle d'audience. « Je demande pardon à Marco Lange et à tous ceux qui m'ont crue. »

La professeure blêmit et lâcha la barre. Elle se retourna, hagarde, vers son ancienne élève.

– Ce, ce n'est pas possible...

Elle cherchait un appui, n'importe lequel, et ne trouvait face à elle que des visages au mieux désolés, au pire fermés.

– Elle n'a pas pu faire ça. Je ne comprends pas. Ce n'est pas elle. Je ne peux pas le croire. Lisa ? Lisa ? Que se passe-t-il ?

– Madame, vous devez vous adresser à la cour.

Pauline Valette vacilla.

– Voulez-vous une chaise ?

Elle ne répondit pas.

La présidente laissa passer quelques secondes.

– On va vous apporter un verre d'eau. Nous mesurons tous votre désarroi. Mais la cour a besoin de comprendre ce qui a pu se passer.

Maud Vigier revint en détail sur le témoignage de l'enseignante.

– Vous avez dit que plusieurs de vos collègues exprimaient des doutes. Vous-même, avez-vous envisagé que Lisa Charvet ne vous dise pas la vérité ? Qu'elle ait pu chercher à vous *manipuler* ?

Elle insista sur le mot.

– Je... Oui, peut-être que ça m'a traversé l'esprit, au début. J'avais peur d'aller trop loin, de sortir de mon rôle. Mais j'ai chassé ces pensées. La souffrance de cette élève était tellement évidente. Même plus tard, quand j'ai essayé de reprendre contact avec elle et qu'elle ne répondait plus à mes messages, je me suis interrogée. Et puis, j'ai pensé que c'était normal. Qu'elle ne voulait plus revoir ceux qui lui rappelaient ce qu'elle avait vécu. Ou alors...

Pauline Valette laissa la phrase en suspens. Elle devait être assaillie d'images et de questions vertigineuses.

– Ou alors ?

– Non. Rien. Je ne peux pas concevoir qu'elle m'ait menti. Il y a forcément autre chose. Une jeune fille de quinze ans ne peut pas avoir inventé tout ça.

– C'est ce que nous devons chercher à savoir.

Autant les jurés étaient apparus peu sensibles à la commotion de la professeure, autant ils semblaient redouter le moment où son collègue François Boehm découvrirait les mots de Lisa. Il y eut un long silence. L'ancien professeur bascula la tête en arrière, comme à la recherche d'un oxygène qui lui manquait. À côté d'Alice, Lisa pleurait.

Théry rompit brusquement le climat de bénévolence qui régnait dans la salle d'audience.

– Votre métier, c'était bien professeur d'histoire ?

Le témoin le regardait sans comprendre.

– Vous n'étiez pas policier ? Racontez-nous votre interrogatoire dans la salle des professeurs. Car c'est bien comme ça qu'il faut l'appeler, n'est-ce pas ?

– On lui posait des questions... Lisa parlait très peu. On a réagi en empathie avec une enfant qui souffrait.

– Une adolescente, corrigea Théry.

– Peut-être était-ce maladroit...
– Vous étiez donc professeur, vous aviez des adolescents de quatorze ou quinze ans devant vous, et vous ignoriez qu'ils pouvaient mentir ? Voyez-vous, monsieur, je me réjouis pour vous de cette nouvelle vocation. Elle a au moins un mérite à mes yeux. Votre candeur, et je reste poli, y fera moins de dégâts.

Il restait à réentendre Luc Fayolle. L'ancien principal s'avança, méfiant, face à la cour. En passant devant Alice, il lui jeta un regard apeuré. La présidente saisit une troisième fois la lettre de Lisa. Plus ces phrases étaient répétées, plus elles devenaient insupportables. Les mots de Lisa enflaient, se rechargeaient à la stupeur, au trouble, à l'émotion de celui qui les découvrait. Luc Fayolle sembla douter de ce qu'il venait d'entendre. Ses épaules s'affaissèrent, ses bras pendaient inertes le long de son corps.
Il murmura, comme pour lui-même :
– Alors là... Je ne sais plus quoi penser... Tout me paraît si loin...
Théry guettait son tour. Enfin un témoin qui allait lui permettre de dire ce qu'il avait sur le cœur. Ce « culte du jeunisme » dans une société qui « accable les vieux de sarcasmes dès qu'ils expriment un avis contraire à l'air du temps », fulmina-t-il. Il plaidait autant pour lui, le vieil avocat que ses jeunes confrères n'admiraient plus, que pour le témoin abasourdi qui lui faisait face.

– C'est vous, monsieur, qui avez eu raison d'être prudent ! Vous, qui avez vu juste. Vous qui connaissiez la vie ! Si on vous avait écouté plus tôt, nous n'en serions pas là !

Luc Fayolle l'écoutait sans réagir. Il avait dû se sentir tellement ringard, tellement dépassé aux yeux de Pauline Valette et des autres qu'il avait fini par se convaincre qu'il l'était. Rien n'effacerait la note amère sur laquelle il avait terminé sa carrière. Il quitta la salle d'audience, sa sacoche en cuir sur l'épaule. Ses semelles de crêpe glissaient sans bruit sur le parquet.

Le titre barrait le haut de la page. « Coup de théâtre aux assises : une jeune femme reconnaît qu'elle a accusé à tort un homme de viol. » Lavoine avait obtenu toute la place qu'il voulait dans le journal. On sentait, à le lire, l'indignation et la colère qui l'avaient traversé pendant l'audience. Il en reconstituait l'atmosphère, plaignait les professeurs, surtout François Boehm, encensait Luc Fayolle, se moquait des certitudes du gendarme.

À Lange, il consacrait un long passage. « Mille cent quatre-vingt-quinze jours de prison pour rien ? » notait-il, en reprenant la formule de Théry. Sous sa plume, l'accusé ingrat, apathique, devenait l'incarnation de l'injustice. Son regard n'était plus celui, froid ou insensible, d'un violeur présumé. Lavoine y lisait désormais « l'impuissance de l'innocence ». Au masque de coupable, il substituait celui de victime. De Lisa, il décrivait les ongles peints en rose, le visage « soigneusement maquillé », son « absence apparente d'émotion » alors que défilaient devant elle « tous ceux qui l'ont crue et qu'elle a trompés ».

À côté de son compte rendu figurait un entretien avec Théry. « La société doit savoir comment un homme, qui a toujours proclamé son innocence, a été condamné sur la seule foi des accusations d'une adolescente. Ce n'est pas l'accusé ni même la plaignante qui doivent être jugés, c'est la justice ! La justice aveugle qui broie les hommes dans l'indifférence et le silence, et mène l'orchestre du bal des victimes... » Etc. Etc.

Si Lavoine est aussi sévère pour Lisa, pensa Alice, la cour et les jurés doivent l'être autant. Elle avait toujours accordé de l'attention à ses comptes rendus, Lavoine était un bon baromètre. Comme la greffière et l'huissier qui, pendant l'audience, semblaient la plaindre de devoir défendre une jeune fille qui avait fait tant de mal autour d'elle. Même le vieux policier en faction au fond de la salle, qui en avait pourtant beaucoup vu dans sa carrière, avait cru bon de lui murmurer :

– J'aimerais pas être son père...

Il avait ajouté :

– Vous savez, je les plains les collègues aujourd'hui. Nous, on se méfiait davantage. On nous l'a assez reproché.

Alice replia le journal et le rangea dans son sac en voyant apparaître Lisa. Ses traits étaient tirés, elle n'avait pratiquement pas dormi. Elles burent un café, puis contournèrent le public qui faisait la queue à l'entrée du palais. La présidente avait prévenu qu'elle entendrait les parents de Lisa dès la reprise de l'audience.

Bénédicte Charvet déplia un petit papier. « J'ai préféré écrire », s'excusa-t-elle. Elle vantait le courage de sa fille, disait combien elle était heureuse de la voir enfin apaisée, décrivait avec un enthousiasme un peu forcé la formation d'horticulture dans laquelle elle s'était engagée. Ses phrases étaient convenues, empesées, si désireuses de bien faire qu'Alice en était gênée. Elle était à contretemps, s'adressait moins à la cour et aux jurés qu'à Lisa. Elles avaient tant d'années à rattraper ! Surtout, elle n'avait pas un mot pour l'accusé.

Maud Vigier la ramena sans ménagement au passé. À ce jour où elle avait accablé Marco Lange. Bénédicte Charvet balbutia. Elle atténuait son rôle, renvoyait maladroitement la responsabilité sur les gendarmes qui, disait-elle, avaient beaucoup insisté pour qu'elle leur donne des noms.

– Vous n'en avez donné qu'un seul, à ma connaissance.

– J'étais sous le coup de l'émotion terrible des confidences de ma fille. Mes propos ont peut-être été mal interprétés... Je pensais que Lisa était en danger, qu'il fallait agir vite, même si elle refusait de me parler...

Bénédicte Charvet fondit en larmes.

– La veille du jour où elle s'est confiée à ses professeurs, je lui avais reproché ses mauvais résultats scolaires...

Elle avait beau lutter, lutter pour donner le change en bouchonnant un mouchoir, sa vie se craquelait de toute part. Et de ces fêlures, Lisa était l'épicentre. Pendant cinq ans, elle avait été la mère désemparée d'une victime. Elle était désormais la mère d'une menteuse. Pis, la complice adulte du mensonge d'une adolescente. Tout cela pesait si lourd. Alice hésitait à l'interroger. Ne risquait-elle pas de briser, par ses questions, le lien ténu qui venait juste de se renouer entre la mère et la fille ? Elle se tut.

Théry s'était levé. Il demanda avec brusquerie :
– Madame, avez-vous quelque chose à dire à Marco Lange ?

Sans un regard vers le box, Bénédicte Charvet exprima des excuses maladroites qu'elle noya dans un flot d'apitoiement sur le sort de sa fille et le sien.

La présidente ne l'écoutait plus. Elle avait ouvert une autre chemise et tapotait avec impatience son stylo sur les feuilles étalées devant elle.

– Vous pouvez regagner votre place, madame. Monsieur Charvet, voulez-vous vous approcher ?

Était-ce le malaise éprouvé face à la déposition de son ex-épouse et aux reproches qu'elle lui avait implicitement adressés ? L'émotion accumulée par les dépositions des précédents témoins et la douloureuse introspection qu'elle suscitait chez lui ? Un homme ébranlé s'avança dans le prétoire. On le devinait à quelques signes, un ton de voix moins assuré, un débit ralenti, une façon de nouer et dénouer sans cesse ses mains dans son dos, de les poser sur la barre, de les retirer, de les poser encore. Puis il se mit à parler, comme sans doute il ne l'avait jamais fait devant quiconque. Il remontait le temps, évoquait son éloignement progressif, le sentiment qu'il avait eu parfois, en revenant chez lui après plusieurs jours d'absence, que la maison se rétractait à son arrivée.

– Même mes souliers prenaient trop de place dans l'entrée, dit-il drôlement.

Il racontait la distance qui s'était créée entre son épouse et lui, entre lui et ses filles, sa fuite dans le travail, la naissance d'une liaison qui avait peu à peu scellé son désir de partir et de refaire sa vie ailleurs. Et l'irruption, au milieu de tout cela, du drame de Lisa.

– Je m'en suis terriblement voulu. Ma fille avait besoin de moi et je n'avais pas été là pour elle quand il fallait. Je devais reprendre ma place dans ma famille. Mais...

Laurent Charvet s'était interrompu brusquement. Il avait baissé la tête. Sa voix devenait à peine audible.

– Mais je trouvais que les choses allaient trop vite. J'aurais voulu que Lisa soit moins pressée de questions. Elle me semblait dépassée par tout ce qui arrivait. J'ai veillé sur elle pendant une semaine, j'étais troublé, je sentais que parfois elle hésitait à me dire quelque chose. Je ne dis pas ça aujourd'hui parce qu'elle a retiré ses accusations. Je le dis parce que j'ai... j'ai eu des doutes... Et puis, un jour, ajouta-t-il, elle s'est brusquement refermée.

Lisa s'était écrasée contre le banc. Elle fermait les yeux. Chaque minute de cette matinée lui revenait en mémoire. C'était un samedi, sa mère était partie au marché. Son père était à côté d'elle dans la chambre, ils regardaient un film. On avait sonné à la porte, elle avait mis le film en pause, il était descendu. Il avait discuté quelques minutes dans la cuisine avec le livreur. Son téléphone s'était mis à vibrer sur le lit, d'ordinaire il l'emportait toujours avec lui. Lisa avait regardé le message qui s'affichait sur l'écran. C'est là qu'elle avait su qu'il trompait sa mère. Elle l'avait haï.

Laurent Charvet ne la voyait pas, ne la regardait pas, mais à cet instant, c'était à elle et à elle seule qu'il parlait.

– J'étais un mari infidèle, un père absent, je n'avais pas le droit de douter de ma fille. Et bien sûr, je me suis tu.

Plus l'audience avançait, plus Alice voyait les jurés emprunter le chemin qu'elle avait elle-même parcouru. Du dossier, ils commençaient à percevoir chaque rouage, à comprendre comment ils s'étaient enclenchés. Ils ne perdaient pas une miette des dépositions. Ils prenaient des notes, observaient Lange qui se redressait dans son box, mais toujours leurs regards revenaient à Lisa, cherchant à surprendre l'instant où elle avait tressailli, cet autre où son attention s'était relâchée, celui où son visage s'était empourpré. Ils éprouvaient intimement la puissance de ce lieu où les mots résonnent comme nulle part ailleurs. On les *écoute* et en même temps, on les *voit* tomber. Sur les juges et sur ceux qui sont jugés, sur l'accusé et sur celui ou celle qui l'accuse. Sur ceux qui savent comme sur ceux qui ignorent. Et l'effet qu'ils produisent en dit autant, parfois plus, que ce qu'ils signifient.

À la suspension, Théry rejoignit Alice sur le parvis. Il se frottait les mains.
– Tu sais, Keridreux, je réalise que je me suis privé de quelque chose. C'est très confortable, en fait, d'être du bon côté.

Le chat s'était vengé de ses trop longues heures de solitude en massacrant un coussin. Maintenant, il sautait sur la table et jouait avec un stylo au milieu des papiers qu'Alice avait étalés devant elle. La porte-fenêtre était entrouverte. Du jardin lui parvenait le parfum mielleux des grappes de glycine.

Sous le halo de la lampe, ses pages annotées, raturées, surlignées, hérissées de flèches, de points d'exclamation, de « ++ », de tous ces petits signes cabalistiques qui rendaient son écriture encore plus indéchiffrable, la terrifiaient. Qu'allait-elle faire de tout cela ? De ce fatras de paroles accumulées pendant deux jours d'audience ? Demain, elle plaide.

La cour se recomposait devant ses yeux. Elle revoyait la place et le visage de chaque juré. Elle n'avait pas eu le temps de trouver un surnom pour tous. Pignol, Droopy, Madame Raide, Jean

Rochefort, Yseult pour la jeune auxiliaire de vie gironde qui ressemblait à cette chanteuse que sa fille Louise venait de lui faire découvrir, Timide pour le chauffeur routier qui laissait toujours passer les autres devant lui quand la porte s'ouvrait et qui rejoignait en dernier son siège, avec l'air de ne pas vouloir déranger. C'était à eux, et à eux seuls, qu'elle devrait s'adresser.

Je sais quelques petites choses sur vous. Votre nom, votre prénom, votre âge, votre métier. Tout cela figure sur la liste qu'on nous a distribuée le premier jour. Vous vous en souvenez tous de ce premier jour, n'est-ce pas ? Je vais vous faire un aveu, j'aime beaucoup ce moment. Le crépitement des jetons de bois dans l'urne, la main de la présidente qui en saisit un et lit votre numéro. Votre visage, juste avant que vous le recomposiez pour vous lever et avancer devant nous. Élus, vous avez été élus, vous le savez puisque d'autres avant ou après vous ont été récusés.

Je vous observe depuis deux jours. C'est long, deux jours assis, exposés, à écouter. On vous a conseillé de prendre des notes. On vous a dit que ce serait la seule chose que vous emporteriez pour le délibéré. J'ai essayé de deviner pourquoi ce témoin et pas celui-là, pourquoi cette phrase-là et pas cette autre retenaient votre attention. On vous dit aussi qu'il ne faudrait surtout rien montrer de vos sentiments. Pas de sourires, pas de rires, pas de soupirs, pas de larmes. Impassibles. On vous a demandé d'être impassibles. C'est ce qui a dû le plus vous impressionner, au début. Nulle part ailleurs qu'ici, à la cour d'assises, on demande à des femmes et à des hommes de se transformer en statues de pierre. D'ailleurs, vous n'y êtes pas parvenus.

J'ai cru percevoir ce qui vous a agacés, ce qui vous a intéressés, ce qui vous a émus. Lisa Charvet ne vous a pas émus. C'est même le contraire qui s'est passé. Vous lui en voulez, n'est-ce pas ?

Moi aussi.

Alice ouvrit les premières pages du dossier d'instruction. Relut les notes de son carnet et prit une nouvelle feuille blanche.

Lisa est en classe de troisième, elle a quinze ans. À la maison, le père est de moins en moins là. La grande sœur, Solène, est en classe préparatoire, elle revient au mieux un week-end sur deux. La mère est très occupée, la société qui l'emploie est à vingt kilomètres, elle part toujours à 8 heures du matin et rentre tard le soir.

Marco Lange a trente-deux ans. Il a travaillé pendant deux mois chez les Charvet. Il leur en veut. Il en veut à la mère parce qu'elle ne l'a jamais regardé, qu'elle le méprise et qu'elle l'a congédié. C'était son dernier chantier, après ça, son employeur l'a viré. Il en veut d'ailleurs à tout le monde, Marco Lange. Aux femmes, aux patrons, aux filles et aux garçons. Alors il boit, et quand il boit, c'est pire. Il a l'alcool mauvais. Il ne supporte pas le bonheur des autres.

Quand il installait la pergola, il levait souvent les yeux vers la chambre de Lisa Charvet. Une si jolie fille. Encore une qui ne serait pas pour lui. Il sait qu'elle a peur de sa mère. Qu'elle doit lui mentir quand elle sort avec les garçons. Il sait aussi qu'elle est souvent seule à la maison. Et ça tombe bien, il a oublié un outil. Il sonne.

Lisa va ouvrir la porte. Ce jour-là, elle voit que Marco Lange a un regard bizarre. Ce regard que sa mère avait souvent remarqué, elle aussi. Elle a dit à ses filles de se méfier. Mais on ne se méfie pas quand on est une belle jeune fille de quinze ans.

Alice avait le procès-verbal de Lisa sous les yeux.

« Il m'a serrée, il m'a embrassée, il a commencé à me caresser partout et il a… mis sa main dans ma culotte. J'étais paralysée, je ne pouvais plus bouger… Il a sorti son sexe, il a pris ma tête et il m'a forcée. Après, il m'a poussée contre la rampe de l'escalier, je suis tombée par terre, il s'est jeté sur moi. Il a baissé mon pantalon, je me débattais, il me tordait le bras dans le dos. Avec son autre main, il m'écartait les fesses, il m'insultait parce que je bougeais trop. Il me faisait mal, j'arrivais plus à respirer, j'essayais de relever la tête, il me l'a tapée contre le carrelage. Puis il s'est relevé, je n'osais pas bouger, il m'a dit qu'il savait tout sur moi. Il m'a menacée. Il m'a dit qu'il se vengerait si je racontais ça à mes parents. »

Lisa s'est tue. Elle est retournée au collège. Elle avait honte. Il n'aurait jamais osé faire ça avec Solène. C'était donc de sa faute. Et puis, qui la croirait ? Au collège, on raconte qu'elle aime beaucoup les garçons, Lisa Charvet. « Elle est bonne. Une vraie salope », ricanent-ils. « Regarde ! » Dans un coin de la cour, une vidéo tourne. Alors Lisa se tait. Mais heureusement pour elle, il y a Mme Valette. Une professeure pas comme les autres. En plus, elle est nouvelle, elle n'a pas connu Solène, c'est la première fois qu'on ne compare pas Lisa à son aînée, si brillante, qui impressionnait tant ses professeurs.

Mme Valette est la première à avoir compris que quelque chose de grave était arrivé à Lisa. Elle s'est attachée à cette élève si vive, qui écrit si bien. Mais elle voit qu'elle a changé. Lisa rend ses devoirs en retard. Elle dépérit. Elle fuit les autres. Elle cache son corps. Elle n'est d'ailleurs pas la seule à s'inquiéter. Lisa a fait un malaise en cours d'histoire. Un autre en sciences, le jour du cours sur la reproduction. Il y avait les croquis d'un sexe d'homme et d'un sexe de femme sur le grand écran de la salle de classe. Elle s'en ouvre au principal du collège, qui s'en fiche, des malaises de Lisa Charvet. Lui, il a un établissement à faire tourner. Il sait tout de la vie. Ce n'est pas à un vieux singe qu'on apprend à faire la grimace. Les ados, il connaît, il en a vu passer des milliers, les états d'âme à cet âge, c'est normal, il n'y a pas de quoi s'inquiéter.

La suite, vous la connaissez. Grâce à l'engagement sans faille et à la compassion de Pauline Valette et de François Boehm, Lisa a fini par déposer enfin le secret qui la rongeait. Je vous la confie.

Alice déclama à voix haute la dernière phrase. Le chat ouvrit les yeux et la fixa de ses prunelles jaunes. Il se redressa, se lécha sans conviction le poitrail et reprit sa place, roulé en boule sous la chaleur de la lampe.

Voilà, Mesdames et Messieurs les jurés, ce que je pensais vous dire, après avoir lu le dossier que Lisa Charvet m'avait apporté. Vous m'auriez suivie, n'est-ce pas ? Ah ! Comme vous la regardiez avec pitié, Lisa Charvet, quand la présidente vous a lu le résumé de l'accusation contre Marco Lange. Vous devez vous en souvenir. C'était hier matin. Souvenez-vous aussi de l'homme du box, quand vous avez découvert son visage, la première fois, entre deux gendarmes. Un de ces types qu'on connaît tous, qu'on ne prendrait pas en stop et qu'on n'aimerait pas croiser de nuit, seul dans la rue.

Et ces deux professeurs ! Essayez là encore de vous remémorer l'impression qu'ils vous ont faite quand vous les écoutiez. Ils étaient merveilleux, n'est-ce pas ? Pas comme ce vieux principal de collège, si indifférent au mal-être des adolescents.

Je sais ce que vous ressentiez, je le sais, puisque moi-même, je l'ai éprouvé. Une fille de quinze ans ne peut pas avoir inventé ça. Elle l'a répété, une fois, deux fois, trois fois, elle n'a jamais varié. Les deux experts qui l'ont examinée – vous les avez entendus, Mesdames et Messieurs les jurés – ont certifié que sa parole était parfaitement crédible et dépourvue de toute tendance à l'affabulation.

Hier matin, on en était là. C'était avant la lettre de Lisa.

Alice n'avait pas besoin de la relire. Elle la connaissait par cœur. « Marco Lange est innocent. J'ai inventé une histoire parce que j'allais mal au collège. Je ne pensais pas à toutes les conséquences que ça aurait. Je suis prête à m'expliquer devant la justice. Je demande pardon à Marco Lange et à tous ceux qui m'ont crue. »

Elle les avait tellement observés, les jurés, à cet instant-là, que l'image était fichée dans sa mémoire, aussi nette et précise qu'une photo. Madame Raide et son stylo levé. Les yeux écarquillés de Jean Rochefort. La sidération d'Yseult. Timide, bouche bée, qui n'était pas sûre d'avoir bien entendu. Pignol accroché au visage de la présidente comme à une bouée.

Les mots de Lisa ont tout fait chavirer. Et dans quelques heures, Marco Lange sera acquitté. C'est une certitude. Vous avez de la chance. Vous n'avez même plus à vous interroger. Plus rien à soupeser. Le doute bénéficie à l'accusé et quand il y a doute, on doit acquitter. C'est le Code pénal qui le dit. Donc, à la question « Marco Lange est-il coupable d'avoir, en

2017, imposé et tenté d'imposer à Lisa Charvet des actes de pénétration sexuelle, à savoir des fellations et une tentative de sodomie, par violence, contrainte, menace ou surprise», vous répondrez non. Je pourrais m'arrêter là.

Pourquoi ne s'arrêterait-elle pas là, d'ailleurs ? Un procès, c'est un dossier, un débat, un délibéré, et au bout de tout cela, une décision. Coupable, pas coupable. Victime, pas victime. Lisa avait menti. Lisa disait qu'elle avait menti. On ne pouvait pas condamner Lange. C'était une vérité judiciaire. Et c'était la seule qui comptait.

Les mots de Lisa, vous aussi, maintenant, vous pourriez les réciter par cœur. Vous les avez tellement entendus. Une fois, deux fois, trois fois, cinq fois, on vous les a répétés ! Je crois qu'il en manque quelques-uns. L'avez-vous remarqué vous aussi ? Lisa dit que Marco Lange est innocent. Elle ne dit pas : « Je n'ai pas été violée. » Elle dit : « J'ai inventé une histoire parce que j'allais mal au collège. »
Alors, il faut revenir au collège, à la laideur et à la violence du collège...

Alice était sûre que les jurés la suivraient là-dessus. Qui aime ses années collège ? Cette implacable gare de triage où le chauffeur routier et sa voisine auxiliaire de vie avaient compris que l'école n'était pas faite pour eux et qu'ils ne monteraient pas dans le même train que les autres, plus doués qu'eux. Ce lieu d'humiliation et de ricanements quand la tête apprend mal ou que le corps est trop gros, ou trop maigre, ou trop petit. Ce cimetière d'espoirs pour les parents et ce lieu de déboires pour leurs enfants. Même pour les bons élèves, c'est un temps que l'on préférerait oublier.

Le collège, c'est la guerre. Héroïne un jour, paria le lendemain. On s'allie, on se trahit, on négocie, on se réconcilie. Et on recommence. Un qui-vive permanent. Aucune victoire n'est jamais acquise. Toutes les gloires sont éphémères. Celle-là même à qui on a juré une amitié, à la vie à la mort, vous sacrifie sans états d'âme à une autre qui semble soudain mieux en cour.
Et dans une petite ville, en plus !

Lorsqu'elle traversait au volant de sa voiture ces bourgs assoupis, écrasés de tranquillité, leur rue principale aux boutiques fermées, avec leurs vitrines badigeonnées de chaux et recouvertes d'affichettes sur le passage d'un cirque ou l'annonce d'un vide-grenier, Alice pensait souvent aux adolescents qui y vivaient. Lisa lui avait parlé des boutiques de lingerie, là où elle avait grandi. « Il y en avait trois, on aurait dit que c'était les seules qui marchaient bien, avec les coiffeurs et les cafés. » Prudence sur les petites villes, se dit-elle. Il y en a plusieurs, parmi les jurés, qui pourraient se sentir blessés.

Lisa, voyez-vous, elle rêvait de quitter celle où elle était née. Elle enviait les vraies citadines de son âge qu'elle fréquentait sur la plage, pendant les vacances. Elles avaient tout en mieux à ses yeux. On trouve toujours que l'herbe est plus verte ailleurs, quand on a quinze ans, que ça ne va plus trop bien avec les parents. Et puis ses seins sont arrivés. De cela, Lisa n'a pas assez parlé. Pourtant, c'est très important, dans cette affaire.

Ça m'étonnerait que nous n'ayez pas connu, vous aussi, une fille trop jeune aux seins trop gros. Peut-être qu'elle a été vous, mesdames. Ou que cette fille-là était votre meilleure copine, ou celle que vous détestiez le plus. Et parmi vous, messieurs, je suis sûre qu'il y en a une qui vous a marqués. Je crois qu'on a tous quelque part dans notre mémoire d'adolescent une fille aux gros seins.

Alice avait la sienne. Depuis le début de l'histoire de Lisa, elle y pensait. C'était pendant l'une des rares années d'adolescence qu'elle avait passées en France, dans une grande ville du Sud. Cette fille s'appelait Corine, elle avait un an de retard, un visage pointu et des dents qui se chevauchaient. Mais ce n'était pas son visage qu'on voyait en premier, c'étaient ses seins. Des seins de nourrice sur un corps d'enfant, tout droit et étroit de partout. Un jour, elle avait invité Corine à passer le week-end chez elle. Quand elle était allée l'accueillir à l'arrêt du bus, elle avait ressenti une gêne terrible. Corine portait ce jour-là un sous-pull à col roulé en acrylique qui faisait paraître ses seins encore plus gros et elle s'était verni les ongles en noir. Alice devait avoir quatorze ou quinze ans, mais à cet instant elle avait regardé Corine avec les yeux de sa mère. Elle voyait déjà le verdict dans les yeux maternels. Pas une fille comme il faut. Elle n'avait pas anticipé le regard de son père. Ils s'étaient croisés dans l'escalier. Son père sifflait, il sifflait toujours en descendant l'escalier. Quand il avait aperçu Corine derrière elle, il s'était arrêté net. Il avait posé sur elle un regard différent, un regard qu'Alice ne lui connaissait pas. Un regard d'homme, pas de père, sur une fille qui était juste un peu plus âgée qu'elle. Ça avait duré une fraction de seconde. C'était il y a quarante ans, mais elle revoyait la scène comme si c'était hier.

Le souvenir était déjà revenu une fois, fulgurant. Agnès, une des filles de son collège, qui devait s'emmerder sec dans sa vie d'employée de banque, divorcée et mère de deux grands garçons ingrats, avait eu l'idée de retrouver la trace des anciens. Elle les avait pistés pendant des mois, écumant les pages Facebook et les profils LinkedIn. « Pour toi, Alice, ça a été facile, tu es connue sur Google », lui avait-elle dit, puis elle avait créé une boucle WhatsApp, « Nos années Saint-Ex », et c'est comme ça qu'ils s'étaient retrouvés une quinzaine de presque quinquagénaires, un samedi de mai, à partager des saucisses au barbecue dans le jardin d'Agnès. À un moment, Frédéric avait lancé le prénom de Corine dans la conversation. « Les seins de Corine ! Vous vous souvenez des seins de Corine ? » Ils avaient tous ri de bon cœur. Chacun avait une anecdote à raconter. Mais personne ne savait ce qu'elle était devenue.

Lisa avait de vrais seins. Ceux des filles de sa classe étaient ridicules, à côté. Elles tentaient bien de se hausser du téton mais dessous, c'était plat, ou alors juste un vague renflement. Les seins de Lisa s'imposaient, ils marchaient devant elle. Les garçons ne la regardaient plus de la même façon. Elle, ça la distinguait. Et ce n'est pas rien d'être distinguée, dans une classe de collège. Au début, elle en était fière.

Alice parcourut ses notes d'audience.
« Vous savez, les filles, c'était plus facile qu'aujourd'hui », avait dit Sébastien Faivre.
Lisa ne leur avait pas dit non. Ou pas assez fort. Ça leur avait suffi, à ces jeunes cons.

Lisa s'est répété pendant des mois que si elle était née ailleurs, que si, par exemple, elle avait été l'une des filles de la belle maison, celles qu'elle retrouvait l'été sur la plage, ça ne se serait pas passé comme ça avec les garçons. Peut-être qu'elle se trompe. Mais elle, ses copains, c'était Seb, Jérémie, Ryan et l'ennui. Ah ! L'ennui. S'il devait comparaître un jour, aucun palais ne serait assez grand pour accueillir son procès !

Ces garçons, vous les avez vus. Ils vous l'ont dit, ils avaient «une bite dans la tête». C'est sûr que ça ne laisse pas beaucoup de place à la réflexion. Et puis, il y a eu la vidéo. Vous imaginez ce que c'est, la honte, à quinze ans? La terreur que représentent quelques minutes de vidéo humiliantes?

Alice devait revenir à ce moment, dans la salle des professeurs.

De cela aussi, je vous demande de vous souvenir. La salle des profs, quand on est au collège, c'est un sanctuaire. Un lieu presque aussi tabou que le lit des parents. Et c'est dans ce lieu que Lisa a été confrontée aux deux professeurs qu'elle vénérait, à l'amie qu'elle venait de retrouver. Arrêtons-nous là, sur ce canapé, entre la photocopieuse et la machine à café. On lui demande si quelque chose de grave lui est arrivé. Si quelqu'un lui a fait du mal. Elle dit oui. C'était vrai! On lui demande si elle a été violée. Elle dit encore oui. Ment-elle?

Alice hésitait à aller plus loin. À raconter, à la place de Lisa, la peur que lui inspirait Ryan. Sa mère connaissait la sienne, elles se voyaient au cours de gym. Un jour que Ryan était venu chercher Lisa chez elle, il avait pris le temps de discuter avec Bénédicte Charvet. Celle-ci avait alors dit à sa fille qu'elle le trouvait très bien élevé. Lisa n'avait pas répondu. Qu'aurait-elle pu expliquer à sa mère?

Mais ce « Non ! » qu'elle avait crié quand Sébastien Faivre racontait qu'elle était d'accord, ils l'avaient tous entendu. Peut-être qu'Alice devrait insister. Ce serait si rassurant, pour tout le monde. Lisa n'aurait qu'à demi menti. Mais ce n'était pas son job de substituer un coupable à un autre. Et Lisa ne le lui avait pas demandé. C'était son choix.

Elle tira une nouvelle liasse de feuilles du paquet.

Quand on a cette étiquette de petite salope du collège, que même votre meilleure amie prend ses distances et que les autres filles, perfides petites saintes, vous regardent de travers, que les garçons vous frôlent en vous disant « Il paraît que t'es bonne ! », « Tu me fais ce que tu fais aux autres ? », comment on s'en sort ?

Il n'y a qu'un moyen, un seul. Celui de devenir une grande victime. Le mot rédempteur, purificateur. Le mot qui a transformé Marion la méfiante en meilleure amie éplorée. Qui a rassuré Pauline Valette, la lumineuse Pauline Valette, celle que Lisa ne voulait tellement pas décevoir...

Alice était tentée de faire un sort à Pauline Valette. Elle était sûre que la jurée retraitée de l'Éducation nationale avait été exaspérée par la professeure. Pauline Valette avait ce côté bonne fille, le genre à préparer des salades de pâtes pour tout le monde, à avoir toujours des grappes d'enfants accrochés à ses jambes, à attendrir les vieux et à ramener chacun chez soi au volant de sa voiture en fin de soirée, parce qu'elle n'avait pas besoin de boire pour être gaie, et même la vaisselle, elle devait la faire en riant. Alice laisserait ce plaisir à Théry. À cette heure, il devait être lui aussi en train de préparer sa plaidoirie. Il allait la travailler, celle-là, ce serait son chant du cygne.

Reviens au mot de « victime », se dit-elle.

Le mot qui a stoppé net les railleries des garçons. Qui a fait effacer à Ryan la vidéo qu'il conservait dans son téléphone. A bouleversé sa mère. A adouci sa sœur. A ramené son père à la maison. Comment ne pas l'aimer, ce mot, et le statut qu'il confère ? Alors oui, Lisa Charvet l'a aimé. Elle l'a même tellement aimé que chaque fois qu'il menaçait de lui échapper, elle l'a conforté.

Elle arrivait au passage le plus difficile. Lange et tout ce que Lisa avait raconté sur lui quand elle l'accusait. Les jurés ont entendu sa mère, ils ont compris que c'était elle qui avait donné ce nom. Mais pourquoi Lisa l'avait-elle confirmé ? Elle avait découvert au même moment que son père trompait sa mère. Que lui aussi mentait à sa femme, à ses filles. C'était violent, ça expliquait, mais ça ne suffisait pas. Elle avait entendu sa mère se plaindre de Lange et dire à ses filles de se méfier de lui. Lui-même avait été grossier avec elle, au pire moment, quand elle commençait à aller si mal. Mais est-ce que cela pouvait justifier qu'elle ait laissé sans réagir un juge l'envoyer en prison ? Qu'elle n'ait pas crié au moment où il avait été condamné ?

Oui, Lisa a confirmé le nom de Lange. Et même pour moi qui la défends, cela reste incompréhensible. Mais, une fois ce nom prononcé, je comprends mieux la suite. Autour d'elle, tous les adultes se sont engouffrés. Le gendarme qui, en tapant sur son ordinateur, a découvert que Lange avait un casier judiciaire. Ses anciennes relations amoureuses ou professionnelles, plus nombreuses à dire du mal que du bien de lui. Ses amis, gargouilles de bar, qui en ont rajouté. Les experts psychologues et psychiatres, qui ont dressé de lui un portrait dévastateur. Autant d'adultes ne pouvaient pas se tromper !

Elle parlerait de Laurent Charvet, à ce moment-là, elle l'avait sous-estimé, cet homme.

Il y en a un qui a eu des doutes quand tout aurait encore pu s'arrêter. Le père de Lisa. Mais il s'est tu. Vous l'avez entendu. Vous vous êtes sans doute demandé ce que vous auriez fait à sa place. Lequel d'entre vous pourrait affirmer qu'il ne se serait pas tu, lui aussi ? Vous voyez, c'est ça qui est à la fois terrible et beau aux assises. Au début, on ne comprend pas comment un événement aussi dramatique a pu se produire. Et puis, plus on s'approche, et plus on se dit que peut-être, la même chose aurait pu arriver chez soi.

Ensuite, on a fait peser sur Lisa l'obligation d'être cohérente. Elle vous l'a raconté. Ce qu'elle avait dit, elle devait le confirmer. C'est cela qu'on attendait d'elle. Une confirmation. Pas une rétractation. Si elle hésitait, laissait entendre qu'elle ne se souvenait plus, au mieux on fronçait un peu les sourcils, au pis, on la rassurait en lui disant que c'était normal qu'elle ne veuille plus se souvenir, à cause de la souffrance qu'elle endurait. Sa souffrance était une preuve. Elle était LA preuve. Car oui, Lisa souffrait. Elle souffrait de ne pas pouvoir se dépêtrer de ses mensonges. Elle vous l'a dit : « Plus je mentais, plus je souffrais, plus je souffrais, plus on me croyait. » Comment se sort-on, à quinze ans, d'un cycle aussi infernal ?

Est-ce que cela suffirait ? Théry avait marqué des points lorsqu'il avait évoqué ces mille cent quatre-vingt-quinze jours déjà passés par Lange derrière les barreaux. « Pensez à tout ce que vous avez vécu, vous, pendant ce temps. Des histoires d'amour, la naissance d'un enfant, d'un petit-enfant, un changement de poste, un départ à la retraite, un déménagement, l'achat d'un appartement, d'un pavillon, des vacances, des voyages, des soirées en famille, entre amis... » Alice l'avait vu souvent répéter le même numéro. Elle le lui avait même emprunté, il ne manquait jamais son effet sur ceux qui l'entendaient pour la première fois.

Voyez combien votre regard sur Lange a changé. C'est le même homme, pourtant. Mais aujourd'hui, c'est lui la victime.

De cette inversion des rôles, Alice devait rappeler chaque image. Le Lange hagard et inquiet des premières heures, dont le dos courbé et les épaules avachies dépassaient à peine du box et qui, au fil des débats, s'était peu à peu redressé et avait offert son visage à la cour et aux jurés. Lange qui aurait pu hurler, insulter Lisa et qui s'était apaisé quand il avait senti que désormais, on le plaignait. Et dans ce même mouvement où l'homme du box s'ouvrait, Lisa se recoquillait.

Vous avez senti comme la conviction est une chose fragile ? Les enseignants dont on avait loué la vigilance ont été accablés pour leur naïveté. De l'ancien principal atrabilaire et méfiant, on a vanté la prudence et la sagesse. À la certitude si solidement établie d'hier, on en a substitué une autre. C'est la même machine qui tourne. Elle a seulement changé de sens.

Alice se leva pour se refaire un thé. Elle parlait à voix basse pendant que l'eau frémissait dans la bouilloire. Les jurés avaient eu face à eux une fille de vingt ans, pas une gamine de quinze. Ils ne l'avaient pas vue, comme elle, dans le huis clos de son cabinet, blêmir et s'effondrer en vomissant sa vérité. Ils l'avaient trouvée trop jolie, trop vivante, pas assez brisée.

Alors, quand on demande à Lisa : « Quand faut-il vous croire, mademoiselle ? » Eh bien, je pense que vous connaissez la réponse. En écrivant cette lettre, elle n'a pas seulement retiré ses accusations, elle a déposé son statut de victime. Et aujourd'hui, elle vous demande de le reprendre. Vous imaginez le courage et la force qu'il faut pour faire ça ?

Peut-être l'avez-vous trouvée insupportablement insolente. Mais c'est une jeune fille meurtrie qui vous a répondu, Monsieur l'avocat général. Meurtrie par la défiance qu'elle sent autour d'elle. Et peut-être aussi une jeune fille en colère. En se rasseyant après sa déposition, savez-vous ce qu'elle m'a dit ?

« On dirait que je les dérange. »

Oui, Lisa dérange. Parce qu'elle a menti en accusant un homme de viol. Lisa Charvet tombe mal. Elle est toujours mal tombée, Lisa. D'abord, elle a été cette fille de quinze ans, si fière de ses seins qu'elle ne pouvait être qu'une salope aux yeux des garçons et des hommes qui la croisaient. Et aujourd'hui, c'est pire. Elle n'avait pas le droit de mentir. Parce que ce n'est pas le moment !

Elle s'approchait de la fin. Il avait fallu si peu de choses pour que deux vies basculent. L'ennui et le mal-être d'une adolescente, la grossièreté des garçons, la volonté de bien faire de deux enseignants, la célérité d'un gendarme, le bovarysme d'une juge d'instruction, les rumeurs malfaisantes d'une petite ville, la conviction établie d'une mère, la mauvaise conscience d'un père. Alice leur dirait, à ces hommes et à ces femmes, qu'elle leur faisait confiance pour comprendre tout cela et ne pas accabler Lisa. Elle leur dirait qu'on n'est pas coupable quand on ment à quinze ans. Que le plus dérangeant, dans toute cette affaire, n'est pas tant de savoir pour quelles raisons Lisa a menti, mais pourquoi tant de gens ont eu envie de la croire.

Au fond, dans cette affaire, il n'y a pas de coupable, il n'y a que de bonnes intentions.

Elles sont arrivées en avance, comme le premier jour. Lisa a meilleure mine. Elle a glissé dans la main d'Alice un petit paquet enrubanné avec une lettre.
– Vous la lirez après, quand tout sera fini.

Laurent et Bénédicte Charvet sont revenus s'asseoir à la même place, au deuxième rang. Ils semblent à la fois vieillis et apaisés. La mère de Lisa s'est rapprochée de son ex-mari. Lavoine est là, lui aussi. De la main, il adresse un signe d'encouragement à Alice. Les cinq retraités qui passent leur temps à assister aux procès sont déjà installés. Alice aime bien la petite dernière du groupe. Une dame menue aux cheveux orange, qui apporte sa gamelle dans son sac et partage toujours des gâteaux secs avec ses voisins. Elle tapote son coussin et le glisse vivement sous ses fesses. C'est vrai que les bancs sont inconfortables, c'est même une spécialité des palais de justice, on devrait obliger ceux qui les conçoivent à s'asseoir pendant des heures dans une salle d'audience. Lange a changé de chemise. Elle a dû rester longtemps rangée dans l'armoire, on voit toutes les pliures. Il se tient bien droit dans le box, ses cheveux tirés vers l'arrière accentuent la renflure de son front. Les deux policiers qui l'encadrent sont désinvoltes. Dans quelques heures, ils repartiront seuls.

L'avocat général a posé sur son pupitre une vingtaine de feuilles. Il saisit le paquet à la verticale, le tapote sur son pupitre, *clac, clac, clac*, recommence dans l'autre sens, *clac, clac, clac*, pour le mettre d'équerre. Il prononcera son réquisitoire après la plaidoirie d'Alice, ce ne sera visiblement pas très long. La greffière est allée chez le coiffeur, il a un peu forcé sur la couleur, pour la saison. Théry porte une jolie cravate, mais il tousse beaucoup. Il soigne son haleine en piochant une pastille mentholée dans un sachet avant de saluer un à un les confrères qui se faufilent dans les rangs du public.

L'horloge au fond de la salle marque 2 heures. Alice a sorti sa robe de son sac. C'est sa troisième. Une par décennie. La première n'avait qu'une doublure de satin, celle-ci est en soie, elle s'était dit qu'elle le méritait bien. Elle va bientôt en commander une nouvelle. Elle l'enfile et la boutonne, lisse le rabat du plat de la main. Elle a toujours aimé cette expression, « Je m'enrobe ». Elle dispose ses chemises cartonnées et ses notes devant elle et vérifie une dernière fois les cotes dont elle peut avoir besoin. Violet pour Lisa, vert pour Lange, rouge les garçons, turquoise les professeurs, jaune les parents Charvet.

La cour et les jurés entrent avec quelques minutes de retard. Timide retire son blouson avant de s'asseoir. Alice s'aperçoit que lui aussi a des tatouages sur les bras. Pignol serre son cahier dans sa main. Madame Raide ajuste ses lunettes et joint les mains sous le menton. Yseult a noué ses cheveux nattés en chignon serré. Dans sa robe safran, froncée sur la poitrine, elle paraît encore plus majestueuse. Droopy manque de trébucher en écartant son siège. Il rougit.

Le bourdonnement de la salle s'est tu. Alice tourne dans le prétoire en répétant mentalement ses premières phrases. Ses yeux glissent sur les bancs du public. Tout au fond, à droite, elle aperçoit Romain et Louise.

Maud Vigier écarte ses dossiers en deux piles égales de chaque côté et ne laisse qu'une feuille blanche devant elle.

– Maître, vous avez la parole.

Je vais défendre la petite salope. La petite menteuse. Oui, défendre.

Remerciements

À Cécile, le bel original, aux naufrages,
au goémon et aux fous rires,
À Anna, du début à la fin,
À Yasmina, la PGET, résolument,
Aux yeux, et à la chance de l'amitié de Boris,
À l'ombre bienveillante de Christophe,
À Pascal, de là-haut à ici.

À Sylvie, pour la justesse, « Écrire, c'est réécrire »
Et à Sophie, vaillante soldate, pour la confiance.

Pour tous ceux qui aiment découvrir les histoires derrière les livres, nous vous donnons rendez-vous sur www.collectionproche.fr

L'édition originale de ce livre est le fruit du travail de toute une équipe de passionnés aux Éditions L'Iconoclaste.

Pour sa sortie dans la Collection Proche,

Vahram Muratyan a conçu la couverture d'après la photographie de John Dykstra et choisi avec soin un mélange de trois typographies : Galano Grotesque, Heldane Text et Tiempos Fine.

À la fabrication, Marie Baird-Smith et Corinne Raffy ont travaillé pour obtenir l'objet idéal : un livre souple, un papier léger et bouffant, une carte de couverture qui lui permettra de vieillir sur votre étagère sans prendre une ride.

L'équipe de Soft Office a réalisé la mise en page du texte. Marie Sanson a relu le livre à la virgule près.

Constance Beccaria et Anne-Sophie Richard, Pierre Bottura, Adèle Leproux, Clémentine Malgras ont imaginé la communication et le marketing autour du livre.

Les factures des collaborateurs et les droits d'auteur sont payés rubis sur l'ongle par l'équipe de Christelle Lemonnier.

Les représentants de Rue Jacob diffusion, coordonnés par Élise Lacaze, ainsi que l'équipe d'Interforum, ont sillonné toutes les librairies françaises, suisses et belges.

Ce livre est désormais entre vos mains, prêt à démarrer sa nouvelle vie.

L'ensemble de cet ouvrage a été réalisé dans le respect des règles environnementales en vigueur.
Il a été imprimé par un imprimeur certifié Imprim'Vert, sur du Classic Book PEFC pour l'intérieur et une carte Metsäboard PEFC pour la couverture.

Achevé d'imprimer en France sur les presses
de Normandie Roto Impression s.a.s.
à Lonrai (Orne) en octobre 2023.

ISBN: 978-2-493909-40-4
N° d'impression: 2304060
Dépôt légal: Août 2023

En France, un livre a le même prix partout.
C'est le « prix unique du livre » instauré par la loi de 1981
pour protéger le livre et la lecture. L'éditeur fixe librement
ce prix et l'imprime sur le livre. Tous les commerçants
sont obligés de le respecter. Que vous achetiez votre livre
en librairie, dans une grande surface ou en ligne,
vous le payez donc au même prix. Avec une carte
de fidélité, vous pouvez bénéficier d'une réduction allant
jusqu'à 5 % applicable uniquement en magasin
(les commandes en ligne expédiées à domicile
en sont exclues). Si vous payez moins cher,
c'est que le livre est d'occasion.